盛可以 绘著

# 怀乡书

## 图书在版编目（CIP）数据

怀乡书 / 盛可以绘著 . —北京：北京大学出版社，2018.9
ISBN 978-7-301-29457-4

Ⅰ. ①怀… Ⅱ. ①盛… Ⅲ. ①随笔 – 作品集 – 中国 – 当代 Ⅳ. ① I267.1

中国版本图书馆 CIP 数据核字 (2018) 第 078199 号

| | |
|---|---|
| 书　　　名 | 怀乡书<br>HUAIXIANG SHU |
| 著作责任者 | 盛可以 绘著 |
| 责任编辑 | 张丽娉 |
| 标准书号 | ISBN 978-7-301-29457-4 |
| 出版发行 | 北京大学出版社 |
| 地　　　址 | 北京市海淀区成府路 205 号　100871 |
| 网　　　址 | http://www.pup.cn 新浪微博：@北京大学出版社　@培文图书 |
| 电子信箱 | pkupw@qq.com |
| 电　　　话 | 邮购部 62752015　发行部 62750672　编辑部 62750883 |
| 印　刷　者 | 北京启航东方印刷有限公司 |
| 经　销　者 | 新华书店 |
| | 787 毫米 ×1092 毫米　32 开　8.75 印张　100 千字<br>2018 年 9 月第 1 版　2018 年 9 月第 2 次印刷 |
| 定　　　价 | 59.00 元 |

未经许可，不得以任何方式复制或抄袭本书之部分或全部内容。
**版权所有，侵权必究**
举报电话：010-62752024　电子信箱：fd@pup.pku.edu.cn
图书如有印装质量问题，请与出版部联系，电话：010-62756370

——献给我的父亲母亲

# 目录

推荐序　李健　　/ i

## 对着村庄呐喊

1　　煤油灯下读古书　　/ 2
2　　抽陀螺　　/ 6
3　　弹弓枪打鸟　　/ 8
4　　晒咸鱼　　/ 11
5　　捉迷藏　　/ 14
6　　畜生也有人性　　/ 17
7　　蓝色的河流　　/ 20
8　　开学了，扎小辫　　/ 24
9　　寂寞的传凉子　　/ 28
10　　放烟花　　/ 30

| | | |
|---|---|---|
| 11 | 爆米花 | / 32 |
| 12 | 打野草 | / 36 |
| 13 | 对着村庄呐喊 | / 38 |
| 14 | 滚铁环 | / 42 |
| 15 | 随父亲钓鱼 | / 44 |
| 16 | 飞翔的梦 | / 47 |
| 17 | 乡下的春天 | / 50 |
| 18 | 石磨 | / 53 |
| 19 | 最爱妈妈 | / 56 |
| 20 | 杀猪过年 | / 58 |
| 21 | 当一个兵 | / 61 |
| 22 | 美是危险的 | / 70 |
| 23 | 别说乡下人心眼坏 | / 73 |
| 24 | 下象棋 | / 76 |

## 故乡在天堂

25　不下雪的冬天　　/ 82

26　老妈的菜园　　/ 85

27　摘枝山花给妈妈　　/ 90

28　擦肩而过的辉煌　　/ 93

29　十里荷塘　　/ 96

30　腹背受敌　　/ 100

31　不甘　　/ 103

32　听鸟儿唱歌　　/ 106

33　尿尿比赛　　/ 109

34　故乡在天堂　　/ 112

35　无头苍蝇　　/ 115

36　爷爷　　/ 118

37　大千世界　　/ *122*

38　跑腿　　/ *125*

39　钓青蛙　　/ *130*

40　没有希望的田野　　/ *133*

41　稻草人　　/ *136*

42　下雨没伞也没靴　　/ *140*

43　不想看她老得太快　　/ *143*

44　活玩具　　/ *150*

45　谋算着改变生活　　/ *153*

46　捉田鸡　　/ *156*

47　民间说书人　　/ *159*

48　脚盆　　/ *163*

49　观赏鱼　　/ *166*

## 没水可喝的村庄

50 孤独是一头猛兽 / 170
51 摘果子 / 173
52 人得跟马学习 / 176
53 迷信书 / 180
54 与美好语言擦出火花 / 183
55 月夜繁殖美 / 188
56 偷来的西瓜更甜 / 191
57 只有疯狗,没有疯猫 / 194
58 照相 / 197
59 不学无用 / 201
60 兰溪河 / 206
61 过得不委屈 / 210

62　苦枣树花　　/ 216

63　读点圣贤书　　/ 219

64　草药偏方　　/ 222

65　看地花鼓　　/ 225

66　怎么和动物相处　　/ 230

67　教什么？学什么？　　/ 233

68　一派安详　　/ 236

69　燕子花　　/ 239

70　绞把子　　/ 242

71　烧树兜子　　/ 248

72　化作浮云一小朵　　/ 252

73　在夏天冬眠　　/ 255

74　游泳　　/ 258

75　没水可喝的村庄　　/ 262

76　正月里的冷清　　/ 265

# 推荐序

作为小说家的盛可以,她笔下所呈现的深刻与冷静时常让人忘记她的性别。当然,这也许是读者的自我误导。有时,我会想,是什么样的经历和禀赋让一位女性作家拥有如此不动声色与冷酷的文字风格,她的绘画似乎给出了答案。

我不懂画,可我懂得并很喜欢这些充满童趣的作品。我能感受满纸的天真与纯粹,纸张背后的温情与失落,还有那些看似简单的文字所包含的丰富诗意。我们是同时代人,她生在南方,我生在北方,我完全能感受到她所描绘和讲述的似乎是我们共同的童年,我们有着相近的记忆。

她所有的画中都有一个红衣绿裤的小女孩和一条小黑狗,这两个简单稚气的形象,无疑是盛可以画作的标识,它给我的直观感受是单纯、诚实和脆弱。她们相依为命的情形既孤独,又美好——我是说她们俩的存在让这个世界美好了起来。

现实是残酷的，它要让一个小女孩毫无准备地经受那么多的事情，要让一个无比天真的乡村女孩成长为一个极具批判精神和洞察力的作家，也许，这算是生活给予的无法选择或拒绝的馈赠吧。

看了这些图文，我更能理解，一个看似坚强的人，如何拥有一颗柔软的心灵；一个不断揭开生活真相的人，为何对已逝的童年念念不忘。

这些画作清新柔软，文字简洁有力，省略了形式上的煽情，也暗含了许多的无法言说。我想提醒盛可以，这些文字依然美好，她的画作同样意味深长，它们传递了人间的温情和令人警醒的寒意，值得继续书写。

当然，她是一名严肃作家，也许读者熟悉与期待的是她的小说，但当这本图文并茂的新书面世之后，谁又能保证那些翘首以待的读者当中，不会有人爱上这部风格截然不同的作品呢？

李健　北京

2018 年 4 月 1 日

# 对着村庄呐喊

# 1

## 煤油灯下读古书

妈妈总要等到屋里黑得看不见才点亮煤油灯。小孩子就近灯边做作业,外围的人只能借着余光做些无关紧要的事。放大了的人影在墙上变幻,显得家里人来人往,如果没人说话,墙上就像在播放默片。妈妈隔一阵就要取下灯罩,擦干净玻璃罩上的黑烟。那时候我们的视力好得出奇,以为煤油灯下是世界上最光明的夜晚,只要油满满的,灯亮着,日子就是好的。记不清乡下哪一年通电,也许是上小学三年级的时候。一个五瓦的灯泡,高高悬在屋中,实在不比煤油灯亮。但电灯安全,妈妈不用担心煤油灯起火,像邻居家的孩子，半边脸烧坏了，嘴巴都变了形。

　　我喜欢煤油灯。那时大家总是聚在灯下，做完作业，猜谜语，二哥给我讲害人精的故事，我妈边糊纸壳边听，有时跟着笑。最有意思的是在地图上找字。那时我还没学地理，二哥报个地名，我半天找不着。二哥又问一斤铁多，还是一斤棉花多；一滴水每次滴一半，多久才能滴完。我总是答错。

　　现在，所有的生活都通了电，停电便一切瘫痪。电加快了生活速度，也离间了人心，人们很少围灯夜谈，就连春节团聚，也是各玩各的，看电视，玩电脑，打游戏……不再有东西能将老少拢在一起。怀念煤油灯的光明，灯下的缓慢，成长，以及默片似的影子。

煤油燈下讀古書
可以畫

甲午夏

# *2*

# 抽陀螺

　　那时,哥哥还没长大,没人给我削木陀螺,经常去田地偷棉花苞。棉花苞不经抽,没几下就瓜裂,露出棉絮。棉花苞当陀螺是奢侈的,童年成长,比不得庄稼收成,家长发现了,屁股要挨抽,还要扣米饭。哥哥的手腕很快强壮,菜刀乱砍乱削,有了木陀螺。菜刀经常缺口,娘骂哥哥,我抽陀螺。哥哥手艺渐长,在陀螺中心钉入钉子,涂上颜色,画出花纹,陀螺越来越耐用,越来越漂亮,而我却突然到了抽陀螺不合时宜的年纪,不得不放下鞭子,穿起裙子,远远地看男孩们扬鞭,抽出啪啪脆响。

抽陀螺

甲午可以

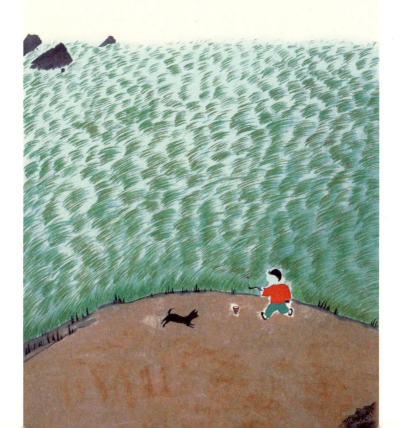

# 3

# 弹弓枪打鸟

故乡被篡改,倾听无言的事物,仍能感觉某种隐秘的亲昵与关联。黑夜持续独特的声音,明月已无沟渠可照,河水染病,撑着一张虚胖的面孔。每次回乡,都是暗访那个多年前的小女孩,重温她生活的细节,每每惆怅,没有一棵熟悉的树,一切像曾停留树上的鸟儿,不知所踪。

小时机警过人,以捣蛋闻名,经常闯祸,功课却极好。不太和女生玩,偏爱弹弓打鸟,有时也用弹弓打人,打鸟的子弹是小石子,打人时就用小纸团,能把人弹哭。对弹弓的着迷,附近的树

便倒了霉,尤其是好看的树丫,见到就砍,回家做出各式各样的弹弓,有的剥掉树皮,露出白肉;有的只在两端挖出一条槽;有的雕出黑白相间的圈。做弹弓需要大量的橡皮筋,每次披头散发找我妈要钱,要不到就一直披头散发。经常在河滩上捡小石子儿,书包里抽屉里都有存货。孤独的童年,弹弓枪的快乐无以言述,我的眼法很准,但常常不忍心打鸟,而是打树上的果子。

不想弹弓绝迹,有时异想天开。想象城管执法,躲在电线杆后,用弹弓枪射击小贩的果子;同学间嫉妒了,不下毒药,去弹人家窗玻璃;情侣闹分手,不拿屠刀,选几颗上好的石子儿狠弹负心人的屁股……作为资深弹弓枪专家,很乐意重操旧业,回故乡砍树丫,造弹弓捡子弹,无偿提供和平武器。

## 4

# 晒咸鱼

那时的水质尚未污染,野鱼清甜可口,尤其是大雪天,父亲随便撒上两网,捞上几条鲫鱼,母亲从雪地里拔出水汪汪的白萝卜,嚓嚓嚓嚓切成丝,放两勺剁辣椒,用炭炉边煮边吃,末了在剩汤中下白菜、芫荽,一锅菜,一家人吃得十分欢快。我常常觉得自己是家中独女,印象中哥哥姐姐总是缺席,他们有的参加工作,有的在学校住读。吃好东西时,我从不想念他们。

晒咸鱼腊肉是乡村一景。新鲜鱼肉吃不完,就剖干净,抹上盐,用稗糠微微熏至发黄。南方冬天多雨,碰到太阳天,赶紧拎出来晒,竹竿上挂一长溜,把狗拴在边上盯着,防止别人顺手牵羊。这份工作对狗狗来说相当残酷,鱼肉香味令它垂涎三尺,又不敢监守自盗,只好昂着头,眼巴巴地盯着。我趁我妈不注意,搬个小板凳,把狗抱起来,让它去咬,它却也知道偷吃不得,只是贪婪地舔两口,然后惭愧地低下头来,急急地要寻路逃跑。狗狗比人类更有羞耻心呢。

曬鹹魚
可以畫

## 5

## 捉迷藏

无聊了便捉迷藏。衣柜、床底、猪圈、米桶、草垛子、门旮旯里,挤得进去就挤,也不在乎憋得难受。躲在暗处,侧耳听着伙伴东翻西找的声音,既兴奋,又紧张,心怦怦直跳。有时候躲到菜园玉米地,伏在辣椒树丛,趴在丝瓜绊架下,若被找着了,双方都发出一声尖叫,雀跃欢呼。但凡躲过一次的地方不再奏效,目标暴露,必须开发新的藏身地,需平时留心观察,为下一次捉迷藏做准备。

我们家有一张老架子床,奶奶当年结婚用的,被子竖叠两折,

捉迷藏

田午司以

靠床里平铺，一目了然，完全不可能藏人。我小心钻进被折叠的被条里，尽量抻直，使自己身体更薄一些，不易发现被子的异样。这是一个了不起的发现，我的伙伴找遍了所有曾经躲藏过的地方，一无所获。我在被子里呼吸很不顺畅，心里暗自得意，根本不知道伙伴已经失去热情，单方面结束游戏，自个儿回家吃饭去了。我躲着，等着，最后才百无聊赖地走出来。

　　精心设计并且获得巨大成功的这次躲藏，没有任何惊喜可言，相反，倒像一个失败者，自己给自己台阶下。也许，捉迷藏的快乐在于让人找到，而不是让人找不到。做游戏过于认真，便远离了游戏的本质。于是牢记教训，在下一次捉迷藏时，即便藏得隐蔽，也要留下一点蛛丝马迹，这样皆大欢喜。

# 6

## 畜生也有人性

牛似乎永远吃不饱，嚓嚓嚓嚓，一嘴接一嘴，啃一上午，肚子还是瘪的。放牛时，我就是没人看管的牛，很自由。尤其喜欢大清早蒙着露水的草坡，听牛吃草的节奏，牛啃过的草坡颜色深绿，草香四散。牛是很温驯很有耐心的动物，但后来发生一件事情，使我惧怕它们，并且总做与牛有关的噩梦。

村里有一个男人，夜里跟老婆发生口角，心情不怎么好，白天犁地时，不断地鞭打水牛，呵斥它。那是村里最漂亮的水牛，毛色黑亮，肌肉发达，牛角像两柄弯刀，眼神和绵羊一样，特别温

驯的家畜。牛是男人熟悉的,它的脾性他了解,也颇花心思照顾它,所以肆无忌惮。

那男人继续鞭打它,辱骂它,这结实的牲畜卖命地拉犁,我看到牛轭深深勒进它的后颈,心里特别难过。有人路过,对男人说道,你不要再打啦,牛眼睛都鼓出来了!

那男人并不听劝,继续打骂。突然,牛开始发飙,泥水乱溅,它掉转身体冲向男人。男人慌忙逃命,但是,数步之后,牛角顶穿了他的脏腑,他被举在空中,水田瞬间染红。

正如人有兽性,畜生也有人性。兔子急了咬人,过度的压迫会逼起反抗。

# 7

# 蓝色的河流

顺着河流,能走到世界的源头,顺着河流,也能找到家。

见过黄浦江、怒江、岷江、长江、额尔古纳河、黄河……不同的河流带给人对世界不同的认识与感受,挟裹历史的泥沙与喧嚣,缓缓流淌。每一条河流都有自己的经历,每一条河流都有自己的情感,有的河流着流着就面目不清,浊了,断了,最后彻底消失了。谎言与过度开发共同制造河流的灾难。据说中国的河流已消失过半,剩下的没遭污染的少之又少,水质堪忧,癌症病患高发,癌症村快速增长。河里漂着死猪与工业垃圾,鱼群死在滩边。城里人困在城里,乡下人囚在乡下,但因相同的梦想——挣钱——而精神焕发。曾有几个外国人笑着说,中国人活得有意思,有梦想支撑,追求大房子、好车子,以及银行存款数目,而他们则很懒散,住着出租房,这个国家看看,那个国家转转,在山水间虚度光阴。北京普通白领月薪五千,四环外普通房价三万一平米,一百平米的房子需要三百万,租个房子省吃俭用,一个月存两千,十年存二十万,存一百年也不够二百万。即便买了房子,七十年后也得再续土地使用权;河水倒流,至少可以继承祖传的古宅,保全家族之河流淌的轨迹。历史的青苔洗净了,找不到属于自己的那条河流,人人都是无根之萍,谈什么梦想与未来。

# 8

# 开学了,扎小辫

第一天报名读书,妈妈给我梳辫扎花换新衣,把疯癫凌乱的我着实打扮了一番。教室在我家堂屋,几排红砖课桌,桌面糊着水泥。女老师年轻漂亮,两股黑辫长到膝盖。她教学有水平,下手很厉害,班上几个迟钝的学生,腮帮子都被她揪青了。我表现出色,常得表扬,同学说因为这是在我家里,老师给我面子,搞得我很郁闷,一心盼着到外面去上学证明自己。

二年级我考了全县第二,奖品是一朵巨大的纸红花、一摞作业本、一把铅笔、一块大橡皮。老师当众大大地表扬了我。我妈煮了两个鸡蛋以资鼓励。纸红花吊在床头慢慢褪色，作业本开头两页写得工工整整，之后就敷衍了事，大橡皮像块饼，基本被我吃掉了。三年级加入少先队员宣誓，全班才选了三个人。四年级开始去大学校，出了名地爱捣蛋，会唱歌，乐感好，唯一当过的班干部是文娱委员，在礼堂指挥全校学生集体合唱《学习雷锋好榜样》。初中全乡英语单词默写比赛获第二名，英语老师怀疑我作弊，我当众背出了单词表。老师对我很器重，他调走的时候，我哭了。此外还得过全班体育全能冠军，跳远跳高短跑都是第一，男生也比不过我。

　　总有拿第一的好胜心，喜欢博得赞美。虚荣并非总是坏事，积极的虚荣是正面的，为这虚荣你必须暗地里下狠功夫。

# 9

# 寂寞的传凉子

蝉,土话叫传凉子,天气越热,它们叫得越厉害,实在跟凉没关系。整个夏天,我都在树林里捉这些嘶叫的东西。工具简单,一个塑料袋,袋口用有弹性的枝条撑开,绑在长竹篙上;或者用枝条绕成一个圆圈,绑上长棍,先伸到旮旯里搅满蜘蛛网。蝉惊飞时,一般往后弹退,它一弹,要么落在塑料袋里,要么粘在蜘蛛网上。传凉子捉多了,无聊,用一根细绳,一头绑一只,让它们各自飞,最后都变成尸体,变成蚂蚁的大餐。现在,乡下的传凉子很幸运,没有生命危险,叫声却也寂寞。因为,无论它落在矮树,还是栖上高枝,再也没有人对它们感兴趣了。

# 10

# 放烟花

忘了那时是没烟花,还是没钱买烟花,捡到哑鞭炮放,便很快乐。有引的,可以重点,没引的,全部腰折,转成一圈,划根火柴,看火焰嗞嗞地响。过年迎春,富人家放完万字头鞭炮,那堆红屑里能捞到不少火药结实的,捡了揣口袋里,向小伙伴们炫耀,跟他们兑换糖果。鞭炮插牛粪里炸,放空盆里炸,扔鸡群里炸。又坏又快乐。现在鞭炮质量太好,很少哑的,并且流行放电鞭炮,安全环保,无色无香无纸屑。而且,在大桶烟花高空绽放、巨响撼天的华丽气魄面前,小小鞭炮的爆炸声响,简直像微弱的呼救,难以被人听见,就像一种生活,注定被另一种覆盖。

放煙花

# 11

# 爆米花

听到"嗵"的一声闷响,知道打爆米花的来了,就纠缠母亲。米还不够吃饱饭呢,哪有闲米打爆米花。母亲通常不允。有时却慷慨,不但给米,还给糯米。糯米贵,糯米爆米花高人一等。我守在一边等,防小伙伴们哄抢,爆响那一刻死死捂住耳朵,并不跑远。待一升米膨胀成半麻袋爆米花,喜滋滋扛回家,迅速填满所有口袋,飞奔出去。

不知哪一天,爆米花的来得少了,他挑着担子吆喝着,没有人喊他停下来,他煤灰色的脸,像炉中燃尽的炭。

那天，行驶在北京东四环，红尘滚滚，人行道上，一个爆米花的，拉着很旺的炉火，身边并无顾客，路上连一个行人也没有。不知道在那房价每平米五万元的四环边，爆米花多少钱一炮？随手拍了一张照片，发了一条微博，写自己见到这爆米花的，"顿时心里一酸"，帖子被大量转发，也有人批评矫情。唉，一个有过爆米花富贵童年的人，一升忧伤膨胀成半麻袋，也是时间炙烤的结果。

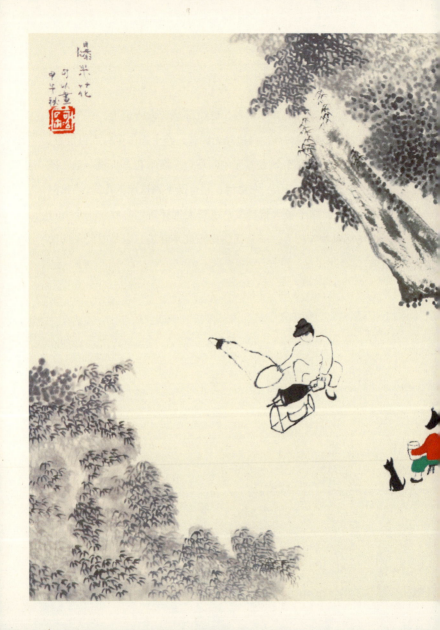

## *12*

# 打野草

    割草喂猪牛其实不累,比家里好耍。逃开严厉的父亲,野花杂草间,捉蜻蜓,抓蚂蚱,草地上打滚,睡觉,无法无天。记忆中也就两三回,都是主动要求的。背上竹篾篓子,狗一路跟着。走在乡间田埂上,风徐徐地吹,草尖轻舞,池塘泛起细细的波纹。蜻蜓停在塘心的枯丫上。扔一块石头,采一把野花,唱一路小曲。到了广阔天地,一回首,村庄和农舍隐约树林间,周围一个人也没有,长脚白鸟叫一声飞起来,落在更远的稻田里。一个人自在消磨,有一次野过头,下池塘游泳,水草缠住了脚,差点没命,脚踝处至今存留水草的柔滑清凉。那时不过七八岁吧,或许更小,塘水像山泉一样清澈甘甜。

# 13

# 对着村庄呐喊

村子小，不用打电话，有什么事，只需放开嗓子一喊。距离稍远的，小跑几步，在半坡上喊。有喊开会的，有喊吃饭的，有喊听戏的，有喊牛吃禾苗的，有喊猪进了菜园的，也有专门在高处指名道姓骂娘的。村里没什么秘密，彼此间自了如指掌，脾气、爱好、性事、经济来源……各家收入几乎都是入不敷出，没有人知道存折长什么样，有几个余钱，用布帕层层包裹，压在箱子底下，急用时，避开闲杂人等，偷偷摸出来，恨不能一张当作两张数。

打爆米花的进村，在某家门口扎下点，轰地放响第一炮，全村都知道了。

　　现在的村庄很不安静,半坡空地都建起了房子,水泥路进村,摩托车汽车声音日夜喧嚣。炸爆米花的再也不来了。村里有了电话和手机,没有人再去叫喊,事实上,多大的嗓门,也喊不应了。

向山坳中的村莊呼喊

可以畫
甲午秋

## 14

## 滚铁环

滚铁环上瘾了,没铁环,回家拆水桶箍、马桶箍,滚起来一股尿骚味的,肯定是马桶箍。马桶箍没关系,没箍最着急。铁环滚得好的,勾个瘪环也能滚很久。那时候,见到圆形状的东西,都要捉住滚一番。滚铁环时,铁钩和铁环摩擦发出的金属声音,纤细清脆,像虫子的嘶鸣。

铁环滚着滚着不见了,像童年,突然消失在草丛中。

# 15

# 随父亲钓鱼

总想起童年的我,觉得那个小女孩仍在乡下撒野,头扎两个"冲天炮",自由又孤独。想去看她,帮助她,陪她说话,像思念一个过去的亲人,时常热泪盈眶。

人越老,心越赤,以简单面对复杂,以拙朴回应圆滑。世事没谱,各种"不宜对外公开",若非睁眼瞎,便会感觉痛苦。晓得自己是不合时宜的,又做不了堂吉诃德,平息沸腾,只有采菊东篱下,垂钓水塘边。

受父亲影响,我喜欢钓鱼。父亲在城里工作,休假回家总要

钓上几回。挖蚯蚓，穿鱼钩，选钓竿，单这些准备工作也令人着迷。我总是拎了塑料桶跟着，里面是打窝子的诱饵。父亲在河边选好场地，插些柳枝做掩护，我们匍匐在地，像打日本鬼子。父亲说鲷子鱼机灵，有风吹草动就跑，不能说话，连人影儿都不能让它们察觉。这样的钓鱼充满仪式感。只听见父亲的钩线一甩一收，唰唰声很有节奏，不时带起一道银白色的光，那是有鱼上钩。个把钟头后我们收工打道回府，午饭时桌上满满一碗红烧鲷子鱼。

故乡被点点掩埋，古迹拆修，污水横流，当历史消失，故乡去了天堂，生命仿佛从过去坏死，逐渐半身不遂。现在回乡每每感觉如兽困在笼，无处可去。寄情小画儿，大约就是希望过去不死，故乡鲜活，生命有迹可循吧。

## 16

## 飞翔的梦

姐姐不得已常带着我上课。学校很大,原本是一座庙,从几十级麻石阶梯拾级而上,跨过高高的门槛,走进巨大的礼堂,过去是烧香拜佛的地方。礼堂四通八达,环形廊柱包围天井,天井里两棵古树。姐姐的教室在二楼,木楼板空隙很宽,看得见楼下上课的学生,我总是朝缝隙里吐痰。等我到了上学的年龄,这庙忽然塌了,或是拆了,教室只能临时安置。我家堂屋宽敞,砖砌课桌,坐着三四十个小学生。我原是想到很远的地方去读书,背着书包,一路走,一路耍,不幸在家连上了三年学,始终闷闷不乐。

那时对河那边的世界充满好奇与幻想，大约十岁那年夏天，竟然游了过去，兴冲冲爬坡上堤，纵目一望，和我家这边一模一样，心情沮丧，几乎没有力气游回去。后来总想，要去多远的地方，世界才会有所不同？甚至羡慕别人有远亲，那些远亲来到村里，总会搅起波澜，尤其是城里下来的小孩子，干净又时髦，蕾丝边白袜子配黑皮鞋，走路蹦蹦跳跳，说话腔调异样，人们盯着她看了又看，眼神也是神往的。要是来一辆解放牌汽车，村里更是炸开了锅。大人和小孩一样，渴望并喜欢新鲜事物的出现，只是不再幻想与期待。而我始终感觉自己困在那儿，从孩提时代到青春期，心向远方，犹如折翅的鸟，在单调乏味的乡村，做着飞翔的梦。

# 17

# 乡下的春天

从前,乡下的春天,才算得上百花盛开。沟渠、山壑、湖边、野地,到处都是杂树野花,东风一唤,仿佛从瞌睡中醒来,继续欢天喜地地玩耍。

很多花叫不出名字。花儿们并不介意,素雅的照旧素雅,浓艳的依然浓艳,高擎的,低伏的,无不轰轰烈烈。这时候我到处搜罗酒瓶,攀枝折柳,采野花,插满酒瓶,房间里到处摆放,直到柳条老了,花儿谢了,收拾空瓶,屋内重失生机。

村妇们看见总要说我几句,忘了是赞美还是嘲弄,总之我的

行为在她们眼里算得上异样。这只是普通的爱美之心,也许她们忘了,自己还是小女孩时曾有过的幻想,对一朵花、一棵草有过的怜悯柔情。乡下粗糙的生活磨去了她们的细腻敏感,繁重的劳动使她们失去对生活的想象,日复一日的柴米油盐,像无数看不见的绳索牢牢地捆住她们。酷爱穿着打扮的羞涩姑娘,嫁人没几天,就会变成松松垮垮、爱开下流玩笑的妇人,到她生了孩子当了娘,就完全想不出她做姑娘时的样子,个个如山野的花,随季节枯荣,无梦无求。

  乡下女人只有生存,没有生活。如花的年纪,拖儿带女,喂猪打狗,不知道胭脂口红,没穿过丝绸罗裙,唯一的首饰便是套在颈上的轭。

## *18*

# 石磨

石磨平常,但也并非家家都有。石磨是村民自己凿的,有种拙朴的智慧。农民自力更生的能力很强,万不得已进一趟城,办些杂事,从没有洗干净脚,穿上鞋袜,专门进城享受一番的。他们的字典里没有"享受"这个词,就像驴拉磨,停下来休息的片刻,便是享受。看到磨,我总会想起一个成语——杀驴卸磨,事实是,磨卸了,驴还在,别的东西代替了磨,人们还是那样生活。

磨是笨重的,石头间凹凸不平的齿纹将米粒碾成浆,或粉,可以做成不同的食物,比如发粑粑、米豆腐、白粒丸、米豆腐红

烧，也可以做汤，撒些葱花，味道奇绝。现在湘菜馆里也有米豆腐这道菜，味道差十万八千里。印象中好像《芙蓉镇》里的刘晓庆开个小馆子，靠卖白粒丸致了富。2005年在凤凰吃了一碗白粒丸，很地道，仿佛回到童年。

有些菜本是穷人为挨日子发明的，后来倒变得稀贵，渐成食客们追捧的对象。我有时参加集体旅游，会有吃农家饭这样的项目，同伴们亮出白胳膊白腿，东看看西摸摸，饶有兴趣。有人问我为什么无动于衷，我说像我这样吃农家饭长大、在城里住了些年的家伙，现在忽然来尝农家饭，有点装大灰尾巴狼。乡下的生活，作为过客，蜻蜓点水是诗意，但要留你做乡下人，干农活，娶村姑，面朝黄土背朝天，恐怕你扔下筷子碗，撒腿就逃了。

## 最爱妈妈

爸妈打了一架,妈妈回了娘家,很多天没有露面。妈妈从没离开过我们,当时她一定伤透了心,我们却不能保护她。外婆家在山里,要坐船,要搭车,小时候觉得遥远,长大后才知道,不过是在县城的北面,骑自行车几个小时就到了。我想妈妈,白天盯着大路,从小镇那头过来的行人中,辨识妈妈的身影,夜里悄悄哭。过了很久,舅舅陪妈妈回来,在家里喝了酒,吃了饭,欢欢喜喜地走了。我吃了很多妈妈带回来的零食,并迅速忘了等待的苦恼。但这事至今记忆深刻,仿佛丢了妈妈,失而复得。我早就知道,这世界上,我最爱妈妈。

远方

可以

# 20

# 杀猪过年

杀猪的景况是好看的:几个壮汉对付一头笨猪,揪耳朵,拽尾巴,搬蹄子,要将它撂倒在案板上。猪好像知道大难临头,嗷叫着拒绝,不晓得后不后悔这白吃白喝狂长膘的结果。待长尖刀捅进脖子,血哗啦哗啦涌到脚盆里,嗷叫声逐渐微弱,鼻孔里喷出一股长气,眼睛一闭,身体瘫下来,一切灰飞烟灭。汉子们抽烟,大声谈笑,杂着荤话,将猪抬进长澡盆里,管子插进猪腿,鼓起腮帮子吹,死猪渐渐滚圆。拎桶开水浇个遍。铁刮子嚓嚓地去毛。架起楼梯,勾起猪鼻子,将整只猪挂起来,开肠剖肚。从来没有人

同情猪。它要是不想被宰,早些逃出安逸的猪圈,冲到山林里当一头精瘦凶猛的野猪,若不幸死于猎人的箭下,兴许还能博得几分赞美吧。

## *21*

# 当一个兵

小时候想当兵,当军人,还想上前线打仗,胸前挂满勋章,谁欺负人,就掏出枪来把他毙掉。

玩枪战游戏时,小伙伴中了枪,却不倒地,我问,你为什么不死?他说,我不想死,我想玩。我说,那好吧,我给你两条命。小伙伴很高兴。他从没想过夺取我手中的权力,只想着捡条命多玩一阵。有时我当司令当累了,叫别的小伙伴替一阵,可是没人愿意,他们就喜欢在人群中起哄,喜欢死而复生的感觉。

权力上瘾,扮演司令的过程中,我大开杀戮,小伙伴们死得

很尽兴，满身大汗，直到家长出来喊吃饭，大家各自回家。

现实生活不是游戏，有什么不痛快，不能随便掏出枪来一毙了之，因为每个人只有一条命。现实比游戏庄重，比游戏残酷，所以每个人都应该管好扣动扳机的食指。

五六岁时第一次看见军人，他是部队复员回村的年轻人，一身挺拔。人们对他高看一眼。他后来当了村支书，说话、行事仍有军人的味道，村民都喜欢他。所以，我印象中的军人，代表正直、正义、威严、气魄等一切正面的力量，可以无条件地信赖。长大后，这种印象渐渐模糊，变得和童年一样遥远。

## 22

# 美是危险的

到了洞庭湖,吓一大跳。没见过那么辽阔的水域,村里的湖泊们相比之下,不过是小碗汤水。那会儿正刮大风,天暗云低,浊浪翻滚,渡轮嗷叫着,在湖中猛烈颠簸。没遇过大风大浪的麻雀自命不凡,彼时被风吹得羽毛凌乱,晕头转向,我甚至做了翻船的准备。待渡轮靠拢上岸,又站在岸边望了很久。这大约是十二三岁时候的事情,算是首次给我心灵震撼的景观,从此愈加相信远方有奇景,笃定要远行。

十年前一个人走川藏,经历与美景一样惊心动魄。雪山壮观。

雄鹰在窗外盘旋。车轮压着悬崖边缘行走,底下是奔腾的河流。藏区像外国,太陌生,一路高度警觉,想得最多的是被谋财害命,先奸后杀,或被卖给当地人。有天坐夜车去另一个地方,司机在小馆子门口停下,叫了另一个藏人,一起上路。车在山尖行驶,天空朗月,星星近在咫尺,不敢欣赏,手里一直攥着一把隐形藏刀,中途他们下车小便,惊得我四肢软成棉。在一个小县城,好奇心驱使,看了血淋淋的凶杀现场,当晚在宾馆开着灯,彻夜不敢闭眼。这一次远行超出了想象,我并不想要美景之外,这样的惊惶。

"遥远"带着朦胧的诗意与忧伤,像清晨一艘划开迷雾的船,神秘孤独,开往未知的水域。或许,美是危险的,撷取美本身便是一种冒险。

## 23

# 别说乡下人心眼坏

小时候,邻居开的小代销店,卖日常用品、瓜子零食,也杀猪,卖猪肉。请耕田师傅吃饭时,妈妈就吩咐我去砍半斤肉,要精搭肥的。邻舍从不少秤,有时还给糖吃。肉做成汤,煮点腌菜叶,香脆的猫耳朵或者麻花,都是油炸过的,容易煮烂,等人上桌了,才下到汤里。肥肉浮在汤面,瘦肉沉在底下,切得又细,筷子在汤里蹚来蹚去,捞到肉片的,心中暗喜,忙往嘴里送。我倒是最爱麻花或猫耳朵,这两样东西经肉汤煮过,味道奇异。或许是那时的猪肉太香,汤汁鲜美得要死。

買豬肉 四斤可以

现在大家都用饲料喂养，猪长得快，肉也不香了，连麻花和猫耳朵也失去了美味。村里有了三四个代销店，商业竞争激烈。有个代销店缺德，竟卖死猪肉，村里人知道以后，都不去他家买任何东西了，他那些囤得发霉的货卖不出去，倒逼出了另一条生财之道。这些年村里养猪的多，不断有猪病死，死了就扔了埋了。这个人就四处转悠，捡死猪，回来杀了，熏成腊肉，做得又香又黄，漂漂亮亮的，专往镇里头销售，大受欢迎，简直是无本万利。别说这些乡下人心眼坏，没人管，想想一些城里人，他们往香肠里灌什么肉，他们往蟹虾里注什么胶，谁管？

## 下象棋

乡下没有娱乐项目,需要智力的娱乐游戏更少。夏天劳碌顾不上,到漫长的农闲季节,靠发呆、串门、清淡、打牌、昏睡度过,极少有人下棋。

我们家有一副肥头肥脑的木质象棋,应该是父亲从单位带回来的,用了很多年,棋子被手汗浸润出温馨光泽,字印掉了色,仿佛断壁颓垣。

那时候,大哥和二哥一碰面就要厮杀几盘,懂和不懂的都围着看。有脑子聪明的,慢慢看懂门道,手痒,杀上一盘,惨败,围

棋逢對手

可以畫

观时还是禁不住要指手画脚，哇哇大叫。二哥从初中起就是常胜将军，经常是一个人下一群人，他们人多势众，二哥羽扇绾巾，四两拨千斤。

二哥高中时小有棋名，很骄傲，棋术不好，他根本不和人玩。邻村有象棋爱好者慕名来切磋棋艺，是个五六十岁的干瘦老头，二哥礼貌应对，开局轻敌，败阵，连败两局，第三局扳回……一圈人将棋手围得水泄不通，连吃饭都顾不上。

这副象棋后来不知所踪，正如很多事物的悄然消隐。

去年春节回家，我买了一盒同样肥头肥脑的木质象棋，大哥二哥照旧厮杀，只是都有些解甲归田的老将之态，而晚辈们大玩植物人战僵尸，对象棋毫无兴趣。我要是希望这副象棋将来也会被手汗浸润出温馨光泽，恐怕不太现实。

# 故乡在天堂

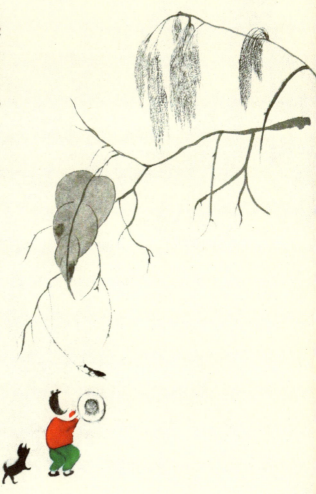

# 25

## 不下雪的冬天

冬天不下雪,就像河流没有水,深山没有树,天空没有云,总是枉了冬天这一称谓,枉了这一冬。南方的雪对孩子们来说,是奢侈品,大人们看了几十年,对自然界早就麻木,还得担心雪败坏了菜园。不下雪的冬天黯淡无光,枯枝瑟瑟,北风凛冽,身上棉衣棉裤笨拙臃肿,脚趾头冻得疼,手揣口袋里,根本不敢拿出来。教室里冰凉,不时有冷风从窗户缝隙里钻进来,手藏在衣袖里,只伸出两个指头翻课本。老师抹着清鼻涕,双手搓暖和了,才拿起粉笔在黑板上写字。

殘雪
乙未秋
可以畫

十岁那年我读五年级,有一天冷极了,在教室烧作业本取暖,"主犯"是我和班长,班长"学习标兵"的称号还是热的,数学老师维护她的荣誉,只罚了我站天井。平生第一次感受到世界的不公平,幼小的心灵有点受伤。当年的班长安然享受她的优待,我想她是一个不正直的人。现在,我和她的关系仍然像十岁那年一样,没有鲜花盛开。

不下雪的冬天,就像生而为人,却没有人的权利与自由。我们晒太阳,在墙根下挤油,盼着寒假与春节,盼着春天早点到来。

# 26

# 老妈的菜园

乡愁,也许就是残存于记忆味蕾上的味道。

说到吃,首先想到老妈的菜园。那是个百花园。茄子花辣椒花豆角花冬瓜花黄瓜花南瓜花丝瓜花苦瓜花西瓜花扁豆花绿豆花……自老妈栽下它们,我就每天去看它们的长势,帮老妈浇水,开花数花朵,结果数果子,总是迫不及待。花开花谢,瓜果烂熟,自己吃不过来,送的送,卖的卖,整个夏天都热热闹闹。大冬瓜个儿比我大,至少两个人抬;南瓜比我胖,经常当坐墩。到了秋天,老妈将冬瓜南瓜存放床底下,还可以吃上一两个月。那时的蔬菜比

现在的鱼肉还要鲜美。

记忆中老妈的坛坛罐罐充满魔幻。最回味无穷的是剁辣椒、腊卜豆、辣椒萝卜……我时常参与制作,程序一清二楚,不过至今没有单独尝试。有些懒妇一到冬天就没菜下饭,今天来抓一碗辣椒萝卜,明天来抓一把卜豆角,我妈总是慷慨。她还拍得一窝好米酒,会做腐乳、臭干子。早几年我们开玩笑,以"老干妈"为榜样劝我妈"下海",供货渠道都替她打点好,只要她出手艺。我妈说做给你们吃,是用了心的,成批成量地做了去卖,心里想的是钱,就不是这个味道了。

去年回家老妈带我看她的小作坊,整整齐齐地排着几十个大坛子,外面贴着腌菜品名、制作月份,不知怎么,我鼻子一酸,差点流下泪来。

# 27

# 摘枝山花给妈妈

我妈结婚后,极少离家,走一趟亲戚,也要连夜赶回。她不抽烟,不喝酒,不打牌,不凑堆说闲话,从来没有人给她写信,出大门散步不远一百米。她的世界很小。灶台。菜园。田地。家禽家畜是她的朋友。见到她,鸡鸭鹅扑着翅膀欢呼,牛哞哞叫,猫狗围着她转。我们兄妹几个嗷嗷待哺,更是离不开她,日复一日损耗她的生命与健康。母亲每有不舒服,家里丢不开手,总是忍着,或者扯些草药偏方服用,用自己的方法打发疾病,从来不去医院。

我妈年近七十,从前照顾外婆,后来照顾家庭儿孙,自己从

不需要别人照顾。前不久感觉身体不适,她照旧忍着,最终高烧不止,入院抢救,身体检测出一堆毛病:高血压、心脏病、胃炎、肾炎……我妈不得不承认自己老了,连这些"小毛病"也扛不动了。

我妈住院,我没有回家,每天电话联系。第三天她精神好起来,听声音生龙活虎的,惦着我爹和我爷爷三餐饭没着落,家中要照看,她说医院像坐牢,憋得心慌,她要回家。离开家,她就像缺水的鱼,焦虑不安。

我每年仅在寒冷的春节回家,与家人聚少离多。我应该多回去,尤其是在春色烂漫的时节,摘些山花给我妈。

## 28

# 擦肩而过的辉煌

我妈极少说自己的事情,我们对她的过去知之甚少。今年四月父亲腿伤,我回去看他,给他买了一个智能触摸屏手机,里面存了他和我妈年轻时候的照片。我妈翻看照片,忽然对她的过去大谈特谈。其中有一件事让我大为惊讶。我妈在公社当过会计,管理两百多人的大食堂,表现出色,公社要保送她去湘潭上大学,我妈拒绝了,因为要照顾瞎子外婆。

我妈放弃的不仅仅是读书的机会,她放弃的是另一种人生。也许她没想过,她的这个决定同时也影响了子女的人生。那时规定子女的户口随母亲,农村户口和非农户口简直是天壤之别。我妈守在村庄,含辛茹苦,我问她后不后悔,我妈说没什么后悔的。我感到惋惜,也很费解:我有好几个舅舅,他们为什么不能照顾瞎子外婆?

我一直试图去分析我妈的想法。后来明白,其实我妈没有什么想法,外婆就她这个女儿,她天然地视照顾外婆为自己的责任,她必须这么做,这是她对外婆的感情。很简单。外婆最后的几年,我妈一直在她身边。

我很佩服我妈,她在做一个决定的时候,绝不左顾右盼,犹豫不决,事后也不患得患失。她已经六十多岁了,一个普通的乡村老太太,身上是田园耕种的沧桑,很难想象,在她的人生中,曾经有过那种擦肩而过的辉煌。

## 29

# 十里荷塘

姐姐十八岁嫁到一个湖多的地方,那儿人烟稀少,地域也偏,但是夏天十里荷塘九里红,特别好看。我一放暑假就去她家耍,每天划着杀猪用的椭圆形澡盆采莲花摘菱角。青菱角清甜爽口,边摘边吃,红菱角煮熟了像板栗一样多淀粉,办酒席的用它炖肉。在荷叶下划行,静得可怕,只有澡盆撞击荷杆,荷叶发出哗哗的声音。有时冷不丁遇到同样采荷的人,双方都会吓一跳。尖叫声像受惊的鸟群,从密实的荷林飞向天空。湖泊面积太大,荷花莲子多半寂寞风干,有些莲子被鸟啄空,留下小黑洞,马蜂窝似的。上岸时顺手在湖边采几根芦笋,辣椒芦笋炒五花肉,比得过山珍海味。秋天和冬天,莲藕卖得好价钱,挖莲藕就成了男人们的副业,他们穿着齐腰的靴裤,在淤泥中摸索,采了一截,出水便洗得干净雪白,像女人的手臂。

十里荷塘,夏天有多热烈,冬天就有多寂寥。残荷枯茎,泥塘灰暗,不着一丝生机。

姐姐生了两个儿子。她的生活就像这十里荷塘,短暂的浓艳过后,陷入一望无际的枯败。除了等待春天,新荷冒出来重新铺满水面,她可计可施。人容易在希望中蹉跎岁月,幸福的胡萝卜总是悬在够不着的地方。年复一年,荷花谢了又开,从乡村到城市,不足三十公里的距离,姐姐走了二十年,终于走出了自己的牢笼。

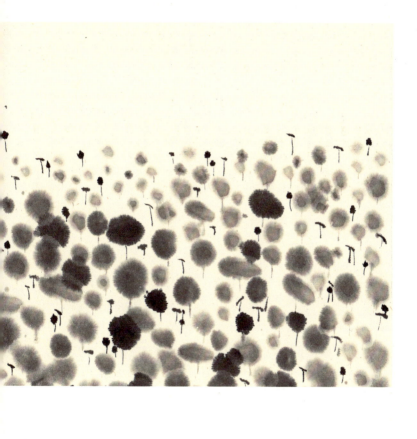

## 30

# 腹背受敌

乡下野塘多,随便抽干哪口,都会有一场抓鱼的重头戏。通常从大清早开始,两台水泵同时开动,大半天便能见底。小孩最忙碌,围着水泵,望着池塘,恨不得一口喝干。塘水即将见底时,很多人围观等候,手里拿着捕鱼工具,个个卷裤腿捋衣袖。小孩子光着屁股,或是套个小裤衩,大呼小叫。年轻力壮的不等塘干涉水,先下手为强,每捕到一尾大鱼,岸上就发出一阵欢呼声。塘内淤泥及膝,等到我下塘时,只剩一指来长的小鱼或者泥鳅,不过这也够我忙乎的。捉完鱼上岸,浑身是泥,找不着眼睛鼻子,妈妈笑呵

呵把鱼剖了，我拎着篮子去河边洗战利品，猫狗都跟着，一路浩浩荡荡。

每次回乡，下意识地去捉鱼的塘边，塘日渐其小，最终消失不见，野生鱼同样无处可寻。河里有血吸虫，地下水污染严重超标，条件好的农民家庭改喝城里的矿泉水。以前城里人到乡下享受田园诗意，现在乡下人到城里买水，听起来荒唐，却是事实。没有河流可以游，没有鱼儿可以洗，汽车噪音替代鸟鸣。乡村走向喧嚣，繁华装饰了GDP的面子，毁了百姓生活的里子，生活没有质量，一切都在退步，精神仍旧苍白。有人说，北京空气有毒，不如回乡建房子居住，吃环保食品，亲近大自然，延年益寿。我无言。腹背受敌，的确不知安居何处。

## 31

## 不甘

乡下人像畜生一样干活,小孩子野到十二三岁,甚至更小,就要套上重轭,向劳动力队伍靠拢。少年 L 贪玩辍学,干了一个双抢的农活,吓得重回学校发奋读书,后来考上重点大学。他无法忍受两脚陷在淤泥里,蚂蟥吸血,蚊叮虫咬,太阳毒辣,水晒得发烫,人在田里上烤下蒸,累得浑身散架,相当恐怖。L 成了村里的笑谈,人们说习惯了就好。L 说不是习不习惯,而是甘与不甘的问题。L 不甘,所以会努力改变。

中国的乡村很奇怪,一方面是牲口般的劳作,一方面充满宿

命式的安逸，然这安逸也是牲口般的，无思无想，整个村庄难得找出一本课本以外的书。三十年以前如此，现在仍然如此。唯一不同的是，都有了挣钱的想法与出路，到城里做苦力，卖色相，孩子留在村里，没人顾及他们的学习教育，很可惜。孩子受父母观念影响，从小就浑浑噩噩的，慢慢被宿命式的东西填充，延续固有的愚钝与封闭，很难在他们身上看到希望与惊喜——说到底，没有不甘。

不过完全可以理解，毕竟现在对农民的政策比以前好多了，水泥路铺到家门口，回乡探亲，可以把车直接开进堂屋里。

可是，多一寸水泥多一份窒息，泥土的乡村啊，将如何呼吸。

# 32

# 听鸟儿唱歌

仔细听,能感觉鸟在树上聊天,仿佛一问一答,音调是有变化的。或聊着聊着各自飞了,或聊着聊着蹦跳到一起,互相用嘴整理对方的羽毛。有时你学某种鸟叫,会有鸟单独回应,但通常没鸟理会,它们叽叽喳喳,仿佛嘲笑你的外地口音。鸟算斯文的,换了犬类,你朝它汪汪叫两声,它便对你吠个没完,泼妇骂街一样,毫无涵养,个别恶劣的还会追上来,企图叼住你的脚踝。

动物的语言定是有隐秘的注脚,人类永远无法得知。即便将鸟语录下来,音乐家谱上曲,准确无误地学会了到林子里唱,它

们也知道你是冒牌货,俯身看你小丑似的表演。狗更聪明了,你学得再像,它也知道你是隔壁王小二装的。猪跟人类近一些,也许是因为你每天喂它,你朝它哼哼,它通常会哼哼回应,还走近了看你,像个友善的老邻居。鸡比较漠然,你咯咯叫两声,它吃惊地偏头伸脖子看你,仿佛在说"你有毛病啊?"猫最懂迎合,你喵它也喵,有问必答,不过喵完它总要看你手里,充满期待,仿佛在问,"是有鱼儿吃吗?"

其实,动物世界,最难的不是人与动物之间的沟通,人与人之间的鸿沟最难逾越。同是灵长类动物,千人千面,要听懂对方,走进对方内心,中间隔着很多只鸟、很多条狗、很多只鸡。

## 33

## 尿尿比赛

小男孩喜欢赛尿,尿和泥、尿冲蚂蚁窝、撒尿画图,甚至故意尿到伙伴身上取乐。有小女孩当观众,他们尿得更远更欢。

相反,小女孩嘘嘘若被小男孩围观点评,便很羞涩,甚至还会觉得受欺负了,气得哭。她们在这时便学会了使用弱者的武器。

性别的骄傲,知道自己有公然玩耍生殖器的权利,是打小就明白的。小男孩长大后,观念根深蒂固,我尊你卑,女性不过是男性的附属品,像小时候,她们只能是他们的观众、风景,以及激发他们潜在的能量。但没有她们,他们了无生趣。

女人稍微为自己说几句话,便被认作女权主义,而女权主义的形象似乎总是个长胡子粗膀子的女汉子,令男人闻风而逃。

这是一误再误。

她们并不想站着撒尿,不想改上天赋予的蹲姿。获得男性对蹲着的理解,以及维护蹲着的尊严,很难,但总不缺——这来自那些对自身有足够理解与尊重的男人。

# 34

# 故乡在天堂

狗是我最喜欢的动物。去年十月回老家,父母养了一条小狗,说是军犬,浑身漆黑,四脚踏雪,一个多月大时,掉进池塘,自己游了上来。它爱撒娇,怕孤独,善察言观色,和我们家养过的任何一条狗都不一样。我给它取名"奥巴马"。回北京后一直惦着它,常寄去零食和玩具,还买了一栋"别墅"。

乡下的狗常常不得善终,因为湖南吃狗肉的风气很盛。有些吸毒的年轻人,没了白粉钱,夜里到村里偷鸡摸狗,白天在路上强拽妇人身上金银首饰,有抗争的受了伤,后来村妇们不敢再戴

贵重首饰，走夜路要结伴。村里的狗，大都是给这些人养的，他们不定期地洗劫，连瘦骨嶙峋的老母狗也不放过。有时候整个村子都见不到一条狗。一个没有狗的村庄，有一种瘆人的安宁。他们猎狗的方式很多，比如麻醉，比如氰化钠，"奥巴马"就是被毒死的，仅仅活了六个月。父亲把它埋在橘园里。我手机里一直存着它的照片。

今年春节回家，照例经过兰溪桥，猛然发现镇里最后的文化古迹——已有两百多年的古桥被翻新，原来的狮子麒麟不知所踪，顿觉故乡坍塌，悲愤之情，如父亲向我讲述"奥巴马"中毒吐血时一样，并且同样无能为力。

年岁渐长，对逝去事物的情感，已经远远超越对未来的期待与想象。我让故乡和"奥巴马"活在我的画中——那就是天堂。

## 35

# 无头苍蝇

乡下很多湖泊池塘,夏天铺满荷叶,村子泡在荷花香里,风抖动蝉声,一切都懒洋洋的。那时候,池塘的水清澈见底,看得见鱼虾游动。渴了,随便捧口水喝;太阳晒,摘片荷叶顶着;采莲蓬、摘菱角,塞满书包,一路吃回家。

不知道湖泊池塘什么时候消失的,就像你看不见时钟的转动,消失的过程,缓慢到无法察觉。到侄辈们诞生,村里已无一片荷叶、一根菱藤,池塘变成宅基或农田,房子在臭水沟边毫无顾忌地生长。农村城镇化的口号声响彻全国,水泥铺向乡间小道,工业污水排进河里，钱流向腰包，田园诗意是奢望，健康饮水是致命的问题。

失水的村庄，没有了灵魂与水性，令人窒息。回乡闭门不出，每每伤怀，童年的足迹无处可寻，到处都是垃圾和污水。小时候扔塘里就会游泳，整个六月洗冷水澡，在池塘里打水战。侄辈们不会游泳，村里没塘，河里有血吸虫。他们这一代，在乡村成长，没有城里的玩具、电子游戏、麦当劳、肯德基，也没有乡下摘荷采菱、摸鱼抓虾、玩泥巴的野趣，乏善可陈的童年，只剩下"好好读书"的教诲。

人们喜欢到人造的乡下休闲度假，追寻野趣，同时又无节制地毁灭自然，制造污染，全国各地大兴土木，拆古仿古。人类像无头苍蝇，根本不知道自己要飞向哪里。

## 36

# 爷爷

爷爷年少失怙,三十鳏居。无亲情。无朋友。平生两大嗜好,一是赌博,二是读书。赌博时一亡命之徒,押上祖屋田产,输个精光;读书时睥睨人世,俨然一阔气乡绅。

爷爷会作诗,会写毛笔字,被视作文化人,乡下红白喜事,逢年过节,都要找他写对联。我经常站桌子边看爷爷写字,他手中裁纸,嘴里吟诵,吟诵不畅从头再来,大约是在找韵脚或节奏。古人吟诗,应该就是他那样的,像哼歌,甚至像哭泣。我闻着墨香,看笔落在纸上,特别欢喜。

爷爷从不教我写字。偶尔问一句："知道'君子好逑'的'好'字，是什么意思吗？"爷爷也不教我读书，我趁他不在，进他屋子翻箱倒柜，他的木箱子就是个百宝箱，里面稀里哗啦什么都有：古董、零食、牌九、翻得蓬蓬松松的武侠小说。

爷爷是个农民，不下田，不种地，荡尽家财，两手空空，孤傲冷漠面对人世与亲朋，一辈子如闲云野鹤自由自在。他曾赠联自己：名士不嫌茅舍小，英雄总是布衣多。现在一百岁，依然是有一块输一块，有一百输一百，没钱便在家自己拿两手牌，自输自赢。

爷爷大约活在武侠小说中。

# 37

# 大千世界

小时候冬天老盼着下雪,清早睁眼,见窗口发白,兴冲冲推门看雪,总是失望。雪很神秘,偏要不期而至,给人惊喜。铅灰色的天幕垂压,雪地刺眼的白撑开大帐篷,村庄在这大帐篷里升起炊烟,生活照旧,于我则大为不同。怕雪化得快,抓紧时间堆雪人,打雪仗,塘里砸块薄冰,拿草管子吹个洞,穿根绳子拎着,走一段咬一口,嘎嘣嘎嘣地嚼。

人为财死,鸟为食亡,雪地里诱捕麻雀轻而易举。扫开雪,撒上谷粒,用根小棍撑起筛子,底端系着绳子,人躲在窗户边,

攥着绳子敛声屏息。麻雀探头探脑，小步蹦跳，谨慎地靠近食物，显得智商很高，到了筛子底下，大胆啄食，我那头绳子一扯，它们有翅难逃。

麻雀捉在手心，感觉它颤抖得厉害，小心脏卜卜地疾速跳动，两眼惊恐，尖叫，向同伴传递不幸的信息，外面的鸟盘旋回应。我只是仔细看了看麻雀的样子，放了它们。想想它们劫后余生的喜悦，我也高兴，好像自己是救世主。这以后整天不再有一只麻雀靠近筛子。也许是鸟雀健忘，或者新来的并不知情，第二天又入陷阱，这时我直接放了它们，纯是体验捕捉的刺激。

不可企及的飞鸟，有时却能唾手可得。生命有弱点，长翅膀的落入地面的圈套，睿智的犯下糊涂，贪婪的葬身欲海，大千世界就是这般拼凑成的。

## 38

## 跑腿

小时候老被派去打酱油。代销店离家四五百米,我拎着酱油瓶,一路走一路耍,有时半路丢了钱,有时全买了猫耳朵。猫耳朵是油炸的,焦黄香脆。我们家请犁田师傅吃饭,总会做一锅五花肉汤,下一把猫耳朵,跟煮麻饺子一样,味道差不多。有一次我妈等着酱油红烧鲤鱼,结果我拎回空瓶子,嘴里嚼得嘎嘣嘎嘣响。鱼还在锅里,我妈熄了火,拎了瓶子自己跑一趟。我好吃,这方面我妈很纵容。后来隔壁邻居开了一个"为民代销店",窗口一溜玻璃罐,里面装满各种零食,瓜子、花生、饼干、红姜、雪枣……我时常翻我妈口袋,掏个五分一毛,立马就去换了吃的。夏天还为一根绿豆冰哭过,一点也不觉得丢脸。我妈偶尔不给钱,只消说一句"看我不告诉你爸",我顿时就老实了。后来才知道,我妈不给钱的时候,是真的没有,有时便要卖蔬菜应急。我妈隔夜摘好了辣椒,青辣椒放一边,红辣椒放一边,天还未亮就挑担出门。我扯着箩筐绳索,边走边打瞌睡。天刚蒙蒙亮,我们到了镇里的集市,我妈把辣椒摆开,等着镇里的主顾。我一边吃葱油饼,一边看抠门的镇里人,把辣椒翻来掀去,挑挑拣拣,放到秤盘里了还在砍价。很多年以后,我也经常买菜,极少问价,更不还价,选了菜称斤两,再付钱离开。

## 39

# 钓青蛙

穷极无聊,总有新花样,钓青蛙便是其中之一。

那时池塘湖泊很多,视野无障碍,随便在哪口塘边坐下,清风吹拂,芦苇沙沙响。水中浮萍开着碎花。鲷子鱼细长,成群结队,受惊瞬间逃遁,身手敏捷,搅起一阵水波,片刻后重新浮现,优哉游哉。被切割的蓝天白云在水中晃荡。这是青蛙的天堂。它们趴在浮萍上晒太阳,或者跳水,身体没在水中,露出脑袋,呱呱对唱。

钓青蛙的工具很简单,采根长树枝,系上细绳,另一头绑上

半条蚯蚓。有时干脆用一根长稗草，稗穗打个结，伸到青蛙嘴边，有"姜太公钓鱼，愿者上钩"的意味。青蛙不怕人，鼓着眼睛，闭着嘴咕噜咕噜，通常不理不睬，有的扑通跳下水，有的调转脑袋，将屁股对着你。偶尔有一只调皮的，一口啄住稗穗，钓者迅速一扯，青蛙被带出一尺来高，落进水里，蹬腿跑了。

我从没真正钓到过青蛙，这一点也不影响我独处的乐趣。享受池塘边自由自在的时光，顺便垂钓青蛙，就像来一碟花生米下酒。玩累了躺在草地上，扯两根草茎打架，看哪根先断。彼时青蛙呱呱，芦苇沙沙，鸟儿喳喳，散开手，清风中小睡一觉，梦见飞翔，醒来更加快活。

现在池塘没了，有也只是一坑黑水，落着蚊蝇。小孩们在电脑前垂钓，不知道周围曾经那么美。

# 40

# 没有希望的田野

印象中,田野从来就没产生过什么希望。农民在田里一年忙到头,吃餐饱饭都不容易。天公作美,风调雨顺,丰收完上缴公粮,自己所余无几,几乎撑不到下一次收割,遇洪涝灾害,只有外出乞讨的份儿。

忙到冬天,必须去修坝防洪,不去要扣工分,多缴粮。通常全家男女老少出动,又挑又扛,天未亮出发,走十里到目的地,收工再走回家。有的摸黑挣工分,夜晚睡在工地。人们来来往往,像蚂蚁搬家。

田野没有希望,新一代年轻人毅然弃田进城。田原荒芜,野草长到家门口。城市拓展了梦想空间,夜海中,看见不可企及的灯塔,总好过田野上漆黑一片。

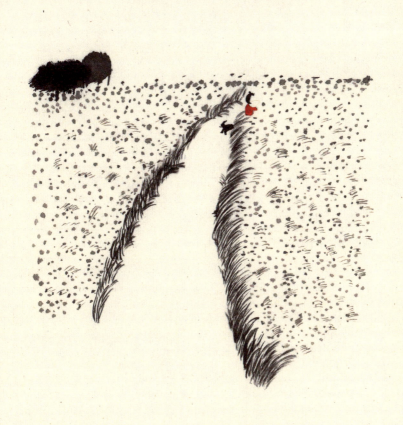

# 41

## 稻草人

春天谷种播下田,麻雀就开始围攻。人们想办法吓唬麻雀,有的在田边扎几个稻草人,挥着长杆,长杆上悬着破布条,风一吹活灵活现,麻雀不敢靠近;有的干脆在田边放鞭炮,麻雀胆小,吓得远走高飞。不过麻雀聪明,不久便识破诡计,知道人是草扎的,照旧啄食谷种,甚至还敢落在稻草人的肩头,叽叽喳喳地嘲笑人类的把戏。父亲一生气,叫我去当稻草人,在田埂奔跑赶麻雀。

起先我觉得这活儿有趣,外面辽阔,比待在家里好玩,得空还能捉蜻蜓，逗蚂蚱。可很快就腻烦了，外面太辽阔，见不到一个小朋友，甚至半天没有一个活人出没，很无聊，心里嘀咕，为什么别人家的谷种就不要人看守。第二天就要罢工，父亲说不去守麻雀就莫吃饭。吃饭当然很重要，我只好继续去当稻草人，临出门妈妈说中午吃红烧鲫鱼、香椿煎鸡蛋，我听了略感安慰。但我在田边不再快乐。

同样是当稻草人，自愿和被迫的感觉完全不一样。我没有勇气反抗父亲，他是家里的君王，随时可以夺去我的饭碗，如果把君王推翻，情形只会更糟糕，失去家中顶梁柱，不但我没饭吃，兄弟姐妹都可能衣食无着。幸好第三天稻草人生涯宣告结束，父亲扎了新的稻草人，给它们戴了帽子，破布条鲜艳夺目。等麻雀意识到这批新人同样是假货时，谷种已经变成了秧苗。

聞雞起舞

可以畫

## 42

## 下雨没伞也没靴

没有关于鞋子的记忆,大伙几乎都是赤脚上学,大部分同学下雨没有伞,雨靴更是奢侈品,除了个别家庭条件好的。比如我们的女班长,晴天有皮鞋配白袜,雨天有漂亮的塑料靴,特别让人羡慕。

我们家四兄妹,我最小,一直穿哥哥姐姐扔掉的东西,替家里省下不少开支,记得好像穿过一双补了又补、最终仍不知何处破了洞的大人靴子,里面经常一窝泥水。那雨靴实在太大,穿了显得很蠢,这恐怕是我对鞋子的唯一印象。

天上下起毛毛雨
可以畫

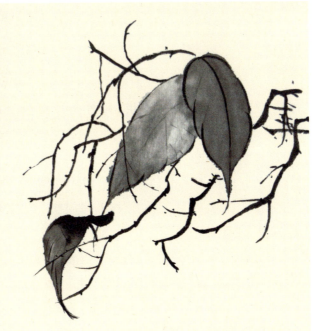

南方春寒或深秋的天气，有种阴险狡诈的脸，一脚踩进泥泞，冷得弹跳几步，浑身哆嗦，才知道比想象的冷。有经验之后，每次下脚前要犹豫半天，小心试探，直到皮肤适应了那种冷，才在滑溜的泥地里瑟瑟地走起来。路况非常复杂，除了有蚯蚓、牛屎、横过路面的小土蛙，还有扎人的玻璃片，即便打起精神，也会摔倒，脚底也会被扎出血来。不过那时没有贫苦的感叹，看泥泞从脚趾缝里进出来，还挺欢乐。

我工作后经常买各种各样的鞋子，有的不一定穿，只是出于一种占有的欲望。过去这么多年，中国发生了翻天覆地的变化，到处歌舞升平。可总会看到一些小孩子赤脚上学的照片，看到她们在泥泞中蹒跚的样子，恍惚回到了我的那个年代，社会似乎从未发展。

# 43

# 不想看她老得太快

兰溪河从前通向大海。那时垂柳拂水,河水清澈,鱼虾味道鲜美;乌篷船、白色帆船,以及赤裸脚踩在鹅卵石上的纤夫在河中飘移,仿佛梦境。多年前兰溪河截流承包养殖,成为哑河,哑河无法表达内心的痛苦,郁闷哀伤,最终失去了光泽。

到城里,去远方,是自小的梦想。小时村里不通车,只能坐船进城,船慢如静止,我能忍受行船的单调无聊,是基于对城市的向往。夏天随妈妈划船到镇里上缴稻谷。如果粮食验收不合格,妈妈必须把谷子摊开晒一上午,中午我们吃碗米豆腐,下午再排队等验收,要是仍不合格,得在镇上住一晚,第二天继续晒。我那时不懂,为什么辛苦得来的稻谷白白上缴,家里米桶却空着,到处借米煮饭,青黄不接时更是艰难。当然,我没有特别饥饿的记忆,妈妈都扛了。妈妈从不悲观,她的顽强遗传给了我,像她那样,什么山都翻得过去。但我替妈妈委屈,羡慕城里的妈妈,不用晒太阳,肩头不挑百斤重担,穿得花花绿绿,唱歌跳舞。我的妈妈没有一条裙子,衣裤全部素色,孩子们是她的一切。我现在总给她买红衣服,想要她穿上我的城市、我的青春,不想看她老得太快。

　　故乡逐渐消失,也罢,假若有一天槐树下不再有等我的妈妈,我便是真正无家可归了。

進了一趟城
大包小包
拎不動

果樹底下好乘涼。弓心畫

# 活玩具

虫子是童年的活玩具。

说一趣事,去年夏天和诗人苏姑娘在黄山写作,早上开门,差点踩中槛边大虫,虫子之大之丑之怪,饶是我见多识广,也顿觉魂飞魄散。昆虫是女诗人的天敌,她当即吓哭,跑得远远的,想起来便茶饭不进。我好奇心重,凑近去看那从没见过的怪物,身体比蟑螂大几倍,圆润肥厚,头顶一只怪角,泛着恶心的油光。服务员轻松地捏走它们,笑城里人胆子小,玩虫子长大的我不觉有点羞愧。

不喜欢昆虫，说不出哪一种昆虫可爱，就连美丽的蝴蝶也经不起细看，捏在手里更是浑身不适。我是虫界的天敌，无聊时烧蚂蚁，绑住飞虫的腿，让它一直飞，飞到累死；或者将烦人的丑陋的虫子五马分尸，剁成肉酱。

没见过iPad电子游戏小汽车布娃娃朱古力的童年，如果没有昆虫可玩，智力想象力生活趣味都会大打折扣。昆虫是聪明的。小时候总恨如蝉栖高枝，不能伸手可捉；蜻蜓近在咫尺，仿佛唾手可得，其实很难逮到。它们很会捉弄人。

现在乡下的蝉和蜻蜓都少了吧，即便有，蝉也不用再栖高枝，蜻蜓也许带着病菌，乡下的手机和电脑已经普遍，童年另有内容，它们不再重要，被忽略，人和自然的关系变得冷漠麻木，拜金风俗已经深刻影响孩子。世界的确在改变，却不是我希望的样子。

# 45

# 谋算着改变生活

乡下人最怕执法者,事实上计划生育政策在乡下贯彻落实很到位,结扎、堕胎、引产、拆房,罚得家无片瓦,可乡下的建筑还是越来越多,先前的空地都填满了,不知站在哪儿可以望到远处的风景。

小时候的夏天,暴风雨咆哮而来,将大地痛快蹂躏一番,扬长而去,总会留下火烧云。景状正如萧红《火烧云》里写的一样,小孩的脸红红的,大白狗变成红的了,红公鸡变成金的了,黑母鸡变成紫檀色的了,小白猪变成小金猪,连老头儿的胡子都变成金胡子了。那时视野开阔，屋前屋后，随便哪个角度，都能看到火烧云，它经常出现，以至于根本没人在意。人们在火烧云下劳动，清理暴风雨袭击过后的狼藉，收拾被雨淋湿的稻谷。不多久，炊烟升起，晚饭摆到地坪里，炒辣椒，蒸茄子，绿豆粥，还有坛子里的泡菜，一家人围着桌子在霞光中吃晚饭，直到火光淡去，暮色加深。熏蚊子的浓烟仿佛魔鬼升天，牛立在烟中，反刍，并思考。

很多年没见过火烧云了。那天北京雨后彩虹，好多人拍照片发微信，惊喜感叹。北京雨少，彩虹自是难得一见，遇到简单的蓝天白云，人们也要念叨今天天气真好，沾沾自喜，仿佛捡了便宜。人生短暂，总是困在钢筋水泥森林中，偶尔瞥一眼罅隙中的云彩，获取慰藉，想想挺可惜，于是暗自谋算着改变生活。

# 46

# 捉田鸡

过去诗人写"稻花香里说丰年,听取蛙声一片",肯定没想过捉蛙做成川味水煮。咱们好吃,且勇敢,能边吃猴脑边听猴惨叫,蜘蛛蟑螂蝎子肉蛆,一般身份还吃不着。田鸡味道鲜美,吃起来天经地义,如今它们已被吃光,很难听到蛙声一片。生物链遭到破坏,庄稼屡害虫灾,只有埋怨,没人自省。

捉田鸡是一条生财之道,大批的青壮年投身其中,天赋好的,吃得苦的,已靠此业建了新房;再愚笨的,一晚上也能捉百来块钱。捉田鸡的队伍也是一景。黄昏时整装待发,自行车、摩托车、

手电筒、网兜，脚穿雨靴防蛇咬，只等太阳一落山，就三三两两出村，在岔路口分道扬镳。附近的田鸡捉光了，就去别的地方，捷足先登田鸡多，有时走上几十公里，运气好的，一个通宵能捉上千块钱，不用零卖，直接批发给饭馆，再回来补觉，就这样不停歇地一直捉到青蛙冬眠——如果还有青蛙的话。

不客气地说，世道在变坏，世风由上而下，风过处无一不受波及。连穷山旮旯的人都在做发财梦，人们双脚已在悬崖，仍不停止挖掘脚下最后的泥土。嘴里喊着要可持续发展，行动上唯利是图，环境一败涂地。河水发黑，地下水泛锈，人自身难保，就算青蛙不被吃光，地球上恐怕也没有它们的容身之所了。

## 47

## 民间说书人

民间说书人,怀里抱个三弦琴,边弹边唱,我们那儿土话叫"弹本笨"(音),特别受欢迎,人们团团围住说书人,黑压压的一片。说书人有时是瞎子,有时不是,但都很潦倒,甚至衣不蔽体。不知道唱一宿多少钱。唱得好的,会被留住,村民轮流提供食宿,晚饭一过就开唱。不等人。有时在堂屋里,有时聚在地坪里,月光倾泻,鸦雀无声,只见"弹本笨"的手指尖清脆作响,唱得声泪俱下,一场戏唱下来,绝无差错,好像面前摆着本子。不记得当时我是否已经入学,但听得懂戏,并深为着迷,每次搬个小板凳,

坐在最前面,痴痴地望着说书人,很快听熟了音调,在心里拨弄三弦琴,过后还能唱。

另一件让我着迷的事情是皮影戏。皮影戏比"弹本笨"复杂,反扣打稻谷的"绊桶"当舞台,以煤油灯设置灯光,民间艺人嘴里唱着说着,双手舞弄道具,人物打斗或奔跑时,脚还要跺响"绊桶",有时同时操弄演几个角色,手舞足蹈,相当忙碌。

记不清他们是哪一年消失的。现在正月里偶尔还能见到一两个,但已纯为乞讨,在家门拨响琴弦三两声,说句"恭喜老板屋里四季发财,财神菩萨进门来",然后立等给钱给物。说书人全没有从前唱戏的投入与尊严,听书人也没有过去的虔诚痴迷,味道全变了。

## *48*

# 脚盆

脚盆只是一种叫法,并非洗脚专用。那时不太有塑料制品,脚盆都是实木打造,外面箍了铁箍,刷过数遍桐油。新脚盆呈黄色,散发木香和油香,用久了颜色暗淡,也更显敦实。条件好的家庭把女(嫁女儿),嫁妆中通常会有一只这样的脚盆,这只脚盆将充分见证她的生活。白天在脚盆里洗衣服,晚上洗澡,或与丈夫一起泡脚洗脚。等到有了小孩,脚盆也用来给小孩洗澡,干家务活时,小孩自己在脚盆里玩耍,不小心便屎尿一盆。有次看见邻居家的小孩,在脚盆里耍自己的便便,不时把手伸到嘴里。

刚出生的小鸡，也会先放到脚盆里撒上细米养几天。最喜欢围着脚盆看它们挤来挤去，如果伸手去抓，老母鸡便会啄人，要是捉在手里玩耍，老母鸡更是张开翅膀追着不放。老母鸡平时没脾气，孵崽后就凶狠起来，像疯子一样，为小鸡奋不顾身，但过了那个阶段，它就不在乎了，甚至连自己的孩子也不认识了。

逢年过节，办红白喜事，脚盆必不可少。杀猪要脚盆接血，收拾下水，杀鸡用脚盆装开水烫毛，办酒席要用脚盆洗碗，装杂碎。脚盆是喜庆的，热闹的，它比任何人更熟悉家庭的幽暗细节。一个簇新的脚盆，不管什么木质的，最终都被日常生活磨得毛茸茸的，甚至开裂，漏水。器具如此，人更不堪。

## *49*

# 观赏鱼

在我们那儿,看见鱼先谈论它的味道,目测斤两,再佐以辣椒烹饪下肚,没有工夫审美。小时候凡见过的鱼都认得,叫得出名字,觉得鲫鱼最好看,村里长鲫鱼嘴的小女孩也特别招人喜欢。鲫鱼好吃,味道清甜,唯一的缺点是多刺。湖区的人天生会吃鱼,小时候从没被刺卡过,倒是在2002年被一条细刺折磨得痛苦难言,几个通宵不能睡觉。它很神奇,坐着的时候安然,躺下去就会刺痛。各种土办法都试了,尤其是醋,喝得嗓子里像砂纸。于是就地取材,写了个短篇小说,名字叫《鱼刺》。

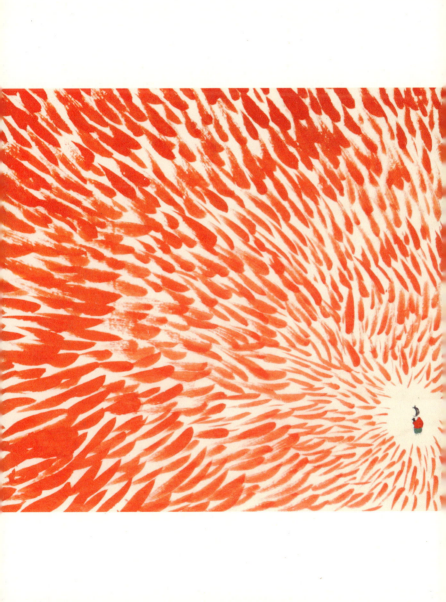

后来才知道鱼有彩色的,不能吃,只能看,并且不怕人,给吃的它们就一哄而上,吃完还鼓着眼睛看你。想起在河里钓野鱼,根本见不到鱼,它们不露面,你得千方百计引它上钩,有的中了计上了钩也能拼死逃脱。我不知道观赏鱼是怎么形成的,是天性,还是基因改造。它们确实漂亮,身体柔韧,线条流畅,群鱼游摆姿势,面目表情完全一致,等待施舍,在小池里怡然自得。

不知道鱼有没有大脑,它们如何接受与传达信息。观赏鱼很幸运,因为美貌,得以逃脱大鱼吃小鱼的鱼世险境、人间陷阱,在良辰美景中衣食无忧,很像某类女人。据说养观赏鱼会得好风水,相比之下,养一美女,风险就大多了,尤其是权贵,不小心就会拉下马来。

# 没水可喝的村庄

# 孤独是一头猛兽

清晨做了一个梦,梦见我有一个亲生父亲,他特地来接我回家。我大哭而醒。梦是荒唐的,但我感觉到梦里那种孤独。梦里的孤独,掩盖在日常喧嚣之下,如一本合着的书,只有在歇下来的时候,才有空去翻一翻。

所有人都是孤独的。一个人是一座岛屿,依靠船只与外界发生关联。不管有没有船只往返,岛屿都得存在,面对苍茫。孤独是必要的。有人孤独时,就钻进人群中,泡在酒局里,像把沙滩交给大海,孤独只会越洗越明亮。

动物是孤独的，植物也是孤独的，要不怎么说"孤芳自赏"呢。花的孤独有诗意，有凄美，有冷傲，人的孤独只有凄凉。年轻时还可以把玩一下孤独感，年老了就只有瑟瑟地抵抗。

晚年的孤独是一头猛兽。帕慕克写到伊斯坦布尔有四位忧伤的作家都终身未娶，独自生活，独自死去，其中一位诗人甚至终生拒绝出版他的书。不知道他们是怎么对付孤独这头猛兽的。

## 51

# 摘果子

物质贫乏时,幸好野果遍地,蛇果、桑葚、毛桃、山枣、野梨……任摘任吃。

那时,到处都是杂树野花,地上的,树上的,藤上的,不管结的什么果,都要摘来吃,连苦枣树上的果都要咬一口,确定它是苦的才肯扔掉。有时吃撑了,从灌木丛中钻出来,嘴边糊着果汁,连饭也省了。

藤上的果子,拉扯藤茎可以摘到,结在树上的,就得爬树了。通常在小伙伴们嚷着搭凳子、搬梯子时,我已经上了树,高高在上，摘了果子砸他们。有时被毛毛虫蜇得一身痒，摸不得，挠不得，刺痛难忍，回家大哭。我妈给我涂了一身万金油，瞬间全身冰凉，冷得直哆嗦。

正儿八经的果树不多，一旦结出累累的果实，就会有人和狗看守，比如橘子、柚子、桃子。果子发青时，我和小伙伴们就瞄上了，等到果子成熟就采取行动。

有一回，我们在河里游泳，发现河坡有几棵橘树，果实大得诱人。主人只在园子两边修了防护篱笆，显然没有提防有人从河里上去。我们欢天喜地爬上岸，打算秘密潜近果树，谁料没走几步，相继发出惨叫——我们遇到了最狠毒的果树主人，一个年近七十的老婆婆，她并有遗漏这条防线，早就在果树外围埋下了碎玻璃。

我们不恨老婆婆，我们赞美她的刁钻，她提醒我们偷果子一定要穿鞋。

现在，果树和狠毒的果树女主人早就不在了，她的儿孙在城里生活，只剩下废弃的老房子，向南边倾斜。

## 52

## 人得跟马学习

小时候连驴都没见过,却梦想骑马在草原上奔跑,迎着朝阳,飞奔去很远的地方。后来有比较实用的想法,就是能够骑马去镇里,因为那四五里长堤,我总是走不到头。

长大后去了草原,骑过马,才知道骑马不舒服,不轻松,颠疼了屁股,手上勒起了水泡,远比自己走路累人。羡慕草原人一甩鞭子,奔跑起来人马一体的洒脱。明白心急吃不了热豆腐,骑马是一种技能,人和马之间的熟悉与默契需要时间。

记忆中乡亲们无论背负多重,交通工具总是两条腿。除非你病得走不动，会有两个轮子的板车拖着，或者把你搁在门板上，由壮年人抬去医院——那一幕景象充满不祥。如果像外国电影那样，驾着漂亮的马车，叮叮当当上路，感觉全然不同。

马是高贵的，即便是拉车的马，也高昂着头颅，并不觉得这卑微的职业有损于它，眼睛里更不会有穷酸悲苦、自怨自艾的晦气。马儿自尊自重，这一点，人得跟马学习。

# 53

# 迷信书

小学时,第一次听我爷爷说"关关雎鸠……君子好逑",他给我解释这首诗,我却打他那罐冰糖的主意。我一向不喜欢听人说教,你不也是书里看来的吗,我去看书好了。我迷信书。事实上也很少有超出书本之外的解释。我悄悄背一些诗词,我爷爷发现我竟然知道南唐李后主,他很惊讶。我很受用。正是那种小虚荣促使我去寻找新的知识。

乡下人很奇怪,并不重视读书,若哪个小孩读书好,便又刮目相看。碰到有文化的干部下来,更是形色卑微,神情羡慕,却始

终不教育孩子读书。尤其现在，金钱至上，更觉得读书浪费时间，有些孩子辍学跟父母进城做生意，开铺头，读到大学毕业拿那点工资，远不如这么挣好。

很多年没看课本了。鲁迅是专敲麻木脑袋的。不知道把鲁迅请出去之后，课本里有什么醒神的新东西。原本每个中国人应该从小掌握两门以上的语言，最近高考改革却拿英语开刀，甚或取消，这么大踏步地倒退，恐怕是要走向闭关锁国了。

"学好数理化，走遍天下都不怕"，"我是中国人，何必学外文"，不乏这样扯闲淡的。

不说也罢。

## 54

## 与美好语言擦出火花

前一阵,有条关于各国读书数据的微博热转,数据称中国人年均读书不到1本,犹太人年均读书为64本。有关部门立刻发布调查结果澄清,中国人年均读书不止1本,有4.3本之多。不过是五十步与一百步的区别,阅读量依然是世界排名倒数前茅。

中国人知道中国人不读书,读书的总是一小撮。地铁上乌泱乌泱埋头看手机的不算读书吗?不算,那叫阅读。读书和阅读是两码事。读,是要使劲的,灵魂参与,思想汲取,掩卷深思;而阅就轻松多了,阅,就是到此一游,一乐,拍照留影,在壁上刻下自己的名字。相似的意思比如批阅、翻阅，你的智力与知识凌驾于所阅之物之上，信手拈来，闲散，松垮；而读，更多则是仰望、渴慕、追寻，与心仪之人神交，与美好语言擦出火花。

中国人不读书，情有可原。朝九晚五，柴米油盐，喂猪打狗，日复一日疲惫不堪，哪还有劲使在无用的读上？传宗接代，生儿育女，国产奶粉有毒，进口奶粉昂贵，就算是住黑筒子楼，也不堪房租重负，哪有余钱花在书上？书不贵，一杯咖啡钱，但同时也是两顿快餐。读书不能果腹，画饼不能充饥。生存总是在读书之先的。

美国一位教授撰文称，美国年轻一代是最愚蠢的一代，因为他们有最好的机会和资源，却没有善加利用，"我们进入另一个黑暗和无知的时代，延续了数千年的知识、理性的传统正在消失，只剩下娱乐和成功"。在这个时代，维护书本和读书的价值不合时宜，可是读书人才不管合不合时宜呢。

# 月夜繁殖美

估计很多人像我一样,很久没抬头看过月亮了。昨晚在咖啡馆后花园小坐,忽见满月高悬,树影摇曳,仿佛在不断擦拭月亮,使它保持明亮与光洁。此时若发出惊呼声,未免矫情,于是我心里惊艳,表情若无其事,继续聊天,但已有些心不在焉。

乡下小孩识东西,学说话,大多从周边事物开始,花草树木,鸡鸭猪牛,太阳星星月亮,风雨雷电云朵,知道什么是美的好的,什么是丑的坏的。大人教小孩子管月亮叫月亮粑粑,小孩子总会联想到蒿子粑粑、南瓜粑粑、玉米粑粑,觉得月亮也是可以吃的,

而且味道应该不错,任性起来就要妈妈摘月亮,妈妈只好编各种理由搪塞。

　　月亮无处不在。太阳刚落下,月已柳梢头,大清早去上学,还能看到一圈淡影。有时候月亮很亮,可以在月光下看书,做手工活。冬天的月亮,平添凛冽清冷,衣服臃肿袖着两手走夜路,月光像刀子一样割人。有月亮的雪夜仿佛仙境,脚踩在雪地上咯吱咯吱,几乎是世界上唯一的声响。然而,印象最深刻的还是我不曾见过的月光雪夜,在《日瓦戈医生》中的荒凉郊外,月光下的白雪晶莹耀眼,狼嗥声刺破寂静,那段描写之美将我深撼。后来看改编的电影,雪夜那一幕,远没有阅读时的冲击,也许是想象力的参与,使月夜繁殖了数倍的神秘与美。

# 56

# 偷来的西瓜更甜

夏天,菜园里总有些野西瓜藤,结出碗大的瓜,瓜瓤粉白色,味道发酸。湖区的土壤不适合种瓜,即便是精心栽培,也强不到哪里去。我爸周末带外地瓜回家,于我总有过节的喜庆。瓜很沉,抱不动,奈它不何,索性整个人趴在上面,又抢过我妈手中的菜刀,刀刃刚落上瓜皮,瓜便自动裂开,露出红瓤黑籽。我妈总是把中间的让给我和我爸,自己吃些边边角角,吃完将瓜皮收了,洗净,晾干,放进泡菜坛子,第二天泡瓜皮上了桌,酸甜爽脆,特别下饭。

晚上乘凉,察觉二哥他们有偷瓜计划,便寸步不离,怕他们甩掉我。没有比夏夜偷瓜更刺激的游戏了。满月高悬,萤火虫飞舞,地上影影绰绰,人们摇着蒲扇闲聊,声音若有若无。偷瓜行动队秘密出发。目标是侦察兵发现的,白天熟悉了地形,知道哪儿有沟坎,哪儿有荆棘,家里几口人,养没养狗。去的路上很严肃,抱瓜回来享用战利品时才会嘻嘻哈哈,再淡的瓜也吃得有滋有味。有时也会被人发现,一声呵斥,我们撒腿狂逃,惊心动魄。我们从未被逮住过,那时总是以为自己跑得快,现在明白,其实是人家懒得来追。现在回头看很多事情,童年的记忆简直像一种错觉,以前觉得很宽的河,其实很窄;觉得很远的一段距离,没几分钟就走完了。

# 只有疯狗，没有疯猫

小时候我们家养猫养狗，猫狗一见面就掐，满地奔跑。一般是狗主动挑衅，嬉皮笑脸，或龇牙咧嘴，狺狺狂吠。猫斯文，偶尔用猫爪把狗收拾得鼻青脸肿，但更多时候它选择躲，上树爬窗，飞檐走壁。狗以为自己威武，追得更欢。猫停在高处淡定地俯视，狗仰望着，好像在说有种你下来，又仿佛羡慕猫的本领。猫不理它，表情悲悯傲慢，狗不走，它便索性在高处打盹。狗终觉无聊，就去撵鸡扑鸭，惹是生非，实在没啥玩的了，就去拿耗子，扒耗子洞，刨出一堆土，鼻子伸进洞口使劲嗅。

对待无聊的狗，猫的姿态是明智的。躲不是胆小，不是懦弱，而是不愿自己高贵的皮毛沾上癞狗的唾液。猫喜清静，爱干净，与世无争。N年以前，它便修成了这样的品质，理智冷静，不随波逐流，大部分时间用来反省深思。它柔韧有度，不贪婪，不饕餮。它懂得生活的哲学、生命的意义。它看得透人世情，从不自我迷失。所以这世上只有疯狗，没有疯猫。

## 58

# 照相

最早的一张照片,是小学一年级和班主任的合照。班主任坐着,两根粗辫子垂到地面,我站在她身边,眉头紧拧,一副苦大仇深的样子。后来这张照片也失踪了,童年变得无迹可寻。八十年代中期,村里突然冒出一个乡村摄影师,这年轻人读过几年书,会摆弄机器,会自己洗照片,每天脖子上挎着相机,四处兜揽生意,晚上在家洗照片,第二天出门,一一分发给他的顾客。那些很小的黑白照片,给村里的姑娘媳妇带来巨大的快乐。没多久乡村摄影师泡了一个姑娘,结了婚,相机被收起来了,他老婆觉得摄影

奧巴馬
笑一個
可以畫
癸巳五月

师这行当有点不务正业，叫他干正经营生，其实担心他尽挑玉米地、柳树林给姑娘作背景，危险系数很高。

　　姑娘和媳妇们照相上瘾，就相约去镇里的相馆，相馆里有假背景、假树、假道具，照片是彩色的，尺寸更大，把人拍得更漂亮，倒也没什么遗憾。再后来有了婚纱摄影，开始在外面取景，海边、度假村，甚至国外，收费也越来越昂贵，一般人消费不起。这些颇费周折的结婚照，有的没挂多久，男女主角的关系就崩了，排场讲究的婚礼也成了一种讽刺。现在又流行手机自拍，公共场合拍，私密场所拍，吃饭拍，上床也拍，于是拍出了这样那样的问题，有的甚至身败名裂，高官落马。可见得意不能忘形。

# 59

# 不学无用

很多年不看电视了。去别人家做客,最怕主人周全,打开电视机作陪;在餐馆吃饭,电视噪音令人不适,对电视的排斥近乎病态。春节在家几天,电视机永远开着,固定的芒果台、琼瑶剧、娱乐节目,加癫狂凌乱的广告,同一内容反复播,听得人心里抓狂。不能总躲在楼上,又没有权利剥夺别人的兴趣爱好,只好忍着。

受电视引导与摆布会导致低能与盲目。很多人虔诚地信任电视里的话,无论是大人物的演讲还是广告词,无论是夜间新闻还

是会议报告,他们都盯着屏幕,一副痴痴以求、嗷嗷待哺的样子。

不学无用。人的时间和大脑贮存空间非常有限,如不选择性地接收信息与知识,必然浪费生命。从第一天背起书包上学,到满脸皱纹,万事皆休,但仍不停止学习,这样的生命才会充实有活力。奇怪很多人心理上早早进入"退休",那是很糟糕的状态。人到老还能持续生活的热情,对外界有强烈的好奇心,有不停歇的求知欲,这样的老人会豁达可爱。世界那么宽广,井底是一生,飞翔也是一生,每个人都有一双隐形的翅膀,为什么不选择飞翔呢。有一次,听见一个人说,没什么书可看了,他都读遍了,所以不再碰书。我倒是觉得,人的精力有限,一辈子的阅读与思索只能是掘冰山一角,又怎能半生穷尽。

# 兰溪河

回故乡,先是看见兰溪河,顺着河流的曲线行走,约莫一个小时后便看见河边的家,父母早已在屋门口眺望等待。有一回恰适雨夜,长堤坑洼,泥泞难行,我只好绕道,沿河对面的长堤行走,然后下堤吆喊渡船。雨夜漆黑,父母提着马灯在渡口接应,淋得一身湿透,倒也欢天喜地。渡船和渡口早已废弃多年,摆渡的艄公几年前醉酒跌河里淹死,上帝正用他巨大的手掌抹去他厌倦的事物。

兰溪河无疑是一条小小的母亲河,村庄在它的哺育之下得以繁衍,它也承载民间文化的延续。小时候最喜欢过端午。一声响铳，几下鼓雷，小孩子们欢奔上堤，哪怕只有一只试水的龙舟，也要追去很远，更不用说端午节十多只龙舟竞赛。那一天河里河岸一片沸腾，人们早早地吃了粽子和粉蒸肉，倾巢而出，小孩子们穿着新衣裳，吃着五分钱一根的冰棍，和龙舟赛跑。再有元宵节河两岸赛灯，北风凛冽中，沿河两岸点起煤油灯，桐油火把，甚至将稻草、柴禾烧成旺火，夜同白昼。

俱往矣。青壮年进城挣钱，没有人划龙舟，兰溪河污染早已废弃。据说由于过度开发以及工业排污，中国的河流消失过半，环境污染令人瞠目结舌。黄浦江上漂浮成千上万头死猪，四川某河流扔进千只死鸭，当乡村成为垃圾场，人类去哪儿寻找诗意。

## 61

# 过得不委屈

女人用一把蒲扇过夏,给丈夫摇扇,给孩子摇扇,再后来给孙辈们摇扇,一辈子像轻风不留痕迹。

乡下人大多对生命不太在意,老年人一旦失去劳动能力,便被子女视为累赘,更谈不上恭敬孝顺。

有位可怜的老妈妈,七十多岁,蒲扇摇大了四子三女,他们各自成家,条件不算差。老伴去世后,老妈妈经常在子女家走动,她还健康,可以帮忙做很多事情,子女们都巴望她到自己家来。但老妈妈对孩子不分彼此,照规矩轮流居住。她似乎在享受多子多福的晚年,别人都很羡慕她。

有一天,老妈妈病了,病是在长子家发的,长子将她送到镇医院,检查结果为肺癌晚期。老妈妈从此被子女们踢皮球,最后她回到自己昏暗简陋的小屋,起先还能忍痛下床,很快就卧床不起,只能躺着等死。人们经常半夜听见她痛得发出嗥叫,音调凄厉。孤独的老妈妈这样熬了一年多,终于死了,病痛折磨得她面色暗黑,身体像风干了一样。

年纪越大,越眷恋过去。总是想起妈妈给我摇蒲扇的情景。每次听人唱"哦妈妈,你的腰身变得不再挺拔",泪欲夺眶。年轻时努力远离父母,连春节也懒得回家,现在远隔千里,反倒对他们更加依恋,每周打四五次电话,没什么新鲜的可说,只是想靠近他们,希望他们在劳苦之后的晚年,过得不委屈。

静谧的乡村

乙未
可以

# 苦枣树花

在树荫下做作业,清凉,隐隐花香,花瓣落下来,顺手夹进课本里,某天上课,突然发现一朵干花,很欢喜。乡下那么多树开花,偏爱苦枣树花。它不像大众情人般的桃花妖艳,也不似冰清玉洁的梨花娇柔,花不招展,色不惊人,但十分耐看,仿佛一个不施脂粉的朴素少女,清丽脱俗。可惜家中老苦枣树已被砍伐,乡下苦枣花已无处可寻。它的花瓣细小如米粒,浅紫和粉白混杂,一簇一簇的,不喧哗,不媚俗,经常被树叶遮蔽。没有人像我这样留意过苦枣树花,更没有人像我这样钟情于它。也许这是比较私人

化的偏好，但若不被艳若桃花之流迷惑，肯将目光稍在卑微的事物上停留，你会发现苦枣花与众不同，别有情致，不穿锦衣玉帛，不用描眉扫腮，它的美是静水深流。

在今天这样一个没有耐心的年代，充斥一窝蜂的审美、一窝蜂的吹捧、一窝蜂的阅读、一窝蜂的立场、一窝蜂的表达……缺少发现、审美、鉴赏以及独立思考的能力。这是一个平庸时代，唱同一首歌，用同一种思维，造同一种语境……木秀于林风必摧之，鸟出头弹必击之，乌龟缩首最安全，背着丑陋的硬壳，想爬哪儿就爬哪儿。

活着最腻味的事情，就是跟在一群人后面为偶像欢呼。我情愿去观察卑微的生命，欣赏它们寂寞绽放的光华。

## 63

# 读点圣贤书

偶尔羡慕别人固定在某个地方生活,在某个单位工作,身边一群固定的朋友和熟人,安居乐业,生活平静从容。

这些年住过不同的城市,刚长些根须,就连根拔起,投身别处。总被人问最喜欢哪个城市,我答不出来。至今没有一个地方让我有归宿感,也不知道下一站是哪里,它就像一个谜底,一本书的下一页,倒也能挑起一些兴奋。但已不像年轻时精力充沛,常有疲惫感,幻想停下来,盖个院子,种点菜,养条狗,布置一个有壁炉的大书房,酒柜里储备各种好酒,朋友来了随时开喝,随时下厨。活着的结果是死去,想到这一点便有些困惑,看到竟然还有人不惜代价去捞几百套房子、几亿元家产,就更为不解。人有时需要一点自恋,自恋才会不断审视自己,检查自己,欣赏自己,看见自己的不足,触摸那个真正的自己,熟悉自己的骨骼、脉搏,在乎自己的口味,不被身外之物挟裹。人们时常发生争执,为了几块钱,为了出口气,为了扳倒对方……甚至搭上自己的性命。见过外面的世界,了解外面的世界,大约会更懂得该争什么,该放弃什么,自己又是什么东西。

读点圣贤书,多点古风,对时尚保持一点距离,迟钝一点,或会有更为独立与自由的空间。这是我自己的想法,不算规劝世人。

# 草药偏方

乡下草药多,菖蒲也算。菖蒲在古时被当作神草,它有毒,不能吃,但可以治病,驱蚊,甚至还有避邪一说。比如采了菖蒲艾叶悬挂门口,端午节那天取下来煮菖蒲艾叶水洗澡,水呈褐色,香气扑鼻,洗完一身清爽。

那时乡下人生病不请医生,扯把草药,或煎服,或外敷,如果还不好,就到处打听偏方,不管谁家有,只要你上门,都能讨到,乡下人在这方面从不悭吝,表现极为心善。有一回夜里我妈背着我走了很远,进了一间黑咕隆咚的茅草屋,老太婆拨亮煤油灯,

打了一卦，从抽屉里抓出一把黑糊糊的草药，灯光映照下的脸格外柔和。

医院没这么温馨，到处惨白冷漠。有些医生麻木不仁，医德低下，不管三七二十一，进来先输液，打抗生素，尽选昂贵的药开，感冒吃药，随便一两千块。一朋友眼有疾，医生一下子开了六种眼药水，且药性互有冲突。有人头痛发烧，医院轻率地将出血热当感冒，差点治掉人家的命。这些都是小事件，大的医疗事故更是层出不穷，媒体有报道，坊间有传闻，不胜枚举。抛开医术医品不说，更令人心寒的是，药物生产也有问题，胶囊不能吃，注射液弄死人……真个是危机四伏，冷箭纷纷。于是暗忖，民间虽为草药偏方，心术却是正的，仅凭这一点，也比满脑子铜钱可贵。

# 65

# 看地花鼓

看到马灯,就想到地花鼓。地花鼓是地方戏,多为两人表演,一旦一丑,扮成一对情人或夫妻,也有双人花鼓、多人花鼓,手持折扇或绸巾,又唱又跳,插科打诨。锣鼓班子搭白,唱的说的都是益阳土话,很日常,老百姓喜欢,正月里要是没有地花鼓,冷清得不像过节。

地花鼓是一家接一家耍,前头先有两人拎着马灯送灯,也就是通知主人,地花鼓来了,准备鞭炮红包。有时小坐片刻,喝上半杯芝麻豆子茶,再去下一家。地花鼓到穷人家不进门,因为屋里转不开，在地坪上草草了事，但是绝不错过任何一户，将财神与喜庆送达。不过到富贵人家会要很久，有时还要唱一出戏，主人不断扔红包，红包被当场解开，大票子引起观众惊呼，主人觉得很有面子。

小时爱看花鼓戏。有一天夜里月光很好，一家接一家地看，不觉耍出很远，时辰已过半夜，不知道怎么回家，只好跟着耍了一个通宵。那些花鼓调子我烂熟于心，锣鼓班子都是熟人，下半夜没有看客，他们让我打了一阵子锣。天亮的时候地花鼓耍到了离家不远的地方，我妈找到了我，背我回家，我当时就趴她背上睡着了。

现在，热爱地花鼓的差不多全部去世，乡村地花鼓基本消失，有关部门呼吁重视民俗文化，殊不知当人的内心对某些事物失去热情，怎么呼吁都是白搭。

# 66

# 怎么和动物相处

乡下养狗,多是为了看门唬贼,不见得喜欢,更不会想象狗与人同,也有喜怒哀乐。乡下养狗,没有一条善终,几乎全被偷杀,我家有条狗长到八岁,也没有逃出被食的厄运。狗没了,主人念及养狗费了粮食,骂上几句偷狗的,再养一条,没什么伤感——人命尚如草芥,何况畜生。

父亲吃皇粮,很有派头,得邻人羡慕,他骑漂亮的自行车,带回花花绿绿的糖果。我和"奥巴马"悄悄分吃了糖果,仍然畏惧父亲,有时候为了躲开他,整天在树林里闲逛,攀枝爬树,采

花摘果,与"奥巴马"捉迷藏。"奥巴马"也深知父亲的地位,在那股威严气氛的笼罩下,它像个高贵的淑女般矜持安分,连啃骨头时也讲究斯文,很克制。它是懂事的。

每隔一阵,人类就要发起一次疯狂的打狗运动。去年网上报道,某县三天打死一万多条,配发打狗的视频及图片,鲜血横流,狗尸遍地,完全是茹毛饮血的原始景况。我八岁时遇过一次屠狗运动,我们把狗藏在阁楼上,它战栗,它一声不吭,它什么都知道。我后来经常做梦,总梦见自己在各种灾难中去救我的狗。

大前年,村里有个妇女被狗咬了脚踝,得狂犬病死了,村里的狗被灭了门。禽流感期间,某些地方捣毁鸟窝,使鸟无家可归,以绝传染。我们对动物世界充满敌意,手法极端残忍。到底该怎么和动物相处,这是一个问题。

# 67

# 教什么?学什么?

人生有几个不同阶段,童年最令人眷恋。不记得那时会想些什么,现在回过去看,就像一只小猫小狗,在天地间玩耍,哭得惊天动地但也不知悲伤为何物。天天背着书包去上学,也不知道为什么要去读书,什么也不懂的情况下,完成了很多事情,童年就这么过去了。

大冬天赖床,北风呜呜地吹,我妈煮好早饭,叫我三遍都不动,直到她喊,"快起来,下雪了",这才从热被窝里爬出来,套上冰冷的衣袖,穿袜戴帽。有时候知道是我妈骗我,但也明白那是

最后通牒,不可违抗。

那时读书,除开学报名交点儿钱,不再产生任何杂费。没有五花八门的练习册,不补课,也不用给老师送礼,老师讲课毫无保留,一视同仁,穷富无欺。放学回家书包一扔,在外面玩到饭熟回来吃饭。

我侄子上高中,每放假必补课,而且是学校要求的,补课费也是预先缴了的,你不来,不但损失了钱,还真可能落后于参加补课的同学。我很疑惑,那些正常的课时,老师在教什么?学生在学什么?

## 68

# 一派安详

那时候到处是鱼虾,随时可以捞上一碗。比如在竹篓子放些米饭,沉进塘里,过半天捞起来,篓子里鱼虾活蹦乱跳。夜里更方便,用手电筒往水面一照,小鱼成群游,直接用网兜舀,动作要迅疾,比鱼闪得快。天气闷热的夜晚,会有大鱼露脸,只需手持长叉,光照水面,瞅准时机,出手狠准快。鱼力气大,要握紧叉杆,防止脱手。

春插过后,田里黄鳝泥鳅出没,夜晚是捕捉它们的大好时机,它们通常停在浅水中,一动不动。工具制造很简单,将缝衣服的

垂釣碧波
乙未
句以

针孔那头烧热，插进塑料牙刷柄，一共扎上十几根，约一寸来长，绑在棍子一端，背起竹篓子，烧个煤油火把，卷起裤脚下田。越夜火把越亮，远远看去，仿佛磷火闪现。几乎每个男孩都备有一套这样的工具，对他们来说，制作工具以及举火把下田，是非常好玩的游戏。针扎过的黄鳝泥鳅卖相不好，大部分因为受伤就翻白了，有的伤口淌着血，通常只是自家盘中餐。或香煎，或红焖，最有特色的做法是煮面，加放大蒜、紫苏、剁辣椒，味道奇绝。现在很难吃到野生的黄鳝泥鳅，一是稀少，二是农田荒废，三是不再有人捕捉，这项传统手艺已经失传了。我眼前老是浮现那样的一幕，幽暗的夜色，田野辽阔，蛙声鼓噪，火光在暗夜里移动跳跃，一派安详。

## 燕子花

都认识油菜花,金黄的,三四月盛开,花可观赏,菜籽榨油可以食用。但极少人知道燕子花,城里人没听过,更没有见过。燕子花是益阳方言,也许因开在燕子归来时而得名,很遗憾不曾考证过。

燕子花与油菜花盛开时,金黄和玫红对比强烈,总有争奇斗妍的况味。我偏爱燕子花。它们低矮绵密,叶细花碎,高不及一尺,不像油菜花那样花枝高擎,有一种绚丽的奔放,也有细腻的温婉,总是激起我内心的温柔怜悯,并发展到对玫红色情有独钟。

油菜花需要人工一棵一棵栽种，燕子花是随手撒播，不需要施肥，扔哪儿，便在哪儿茂盛，铺天盖地，一望无际。我经常在燕子花地里捉蜻蜓，或者躺在花丛中，看鸟雀飞过天空。

燕子花是被遗弃的美好事物之一。同为农作物，同样用来榨油，燕子花廉价，榨出来的油味道不好，农民早已不种它，如今罕见，只在沟渠或田埂边偶见一簇，已成野花，仿佛沦落风尘。

作为一种植物、一种花，燕子花是我记忆里最醒目的。美好事物在消逝，我们伤怀，眷恋，它也许会使我们对周围的一切更关注，爱得更深一些。我们见不到永恒，我们所拥有的，只是此刻。逝去的事物只属于一部分人，另一部分人，在他们的时空，有他们的记忆。关于燕子花，我纯属自呓。

# 70

# 绞把子

"绞把子"属益阳方言，就是把散草绞缠成麻花，用来烧火做饭。绞把子的工具叫"绞勾子"，像一张弓，末端套着竹筒便于抓握，轴心灵活，旋转时发出吱呀吱呀的声音。这种单调乏味的运动，我小时候最为厌恶，只要母亲早晨晒开稻草，我便忧心忡忡。要绞完地坪里堆积如山的稻草，有时耗费整个下午，母亲的手时常被扎出血口。如今，"绞勾子"的音响早就绝迹，闻不到稻草烧出来的饭香，吃不到焦黄的锅巴碾成的米汤粥，很多美好的事物一去不复返。

在城里过着，祖国繁荣昌盛，产品丰富，却不知该吃什么。听说鱼虾喂了激素，猪肉注水，饺子死猪肉馅，牛肉是猪肉做的，于是只好吃斋；又听说大米有毒，香菇致命，莴笋打了膨胀素，红心鸡蛋用了色素，黄瓜的刺儿是化学物催出来的。诸如此类，总不能空腹饿死，绝望中想到老妈的菜园。旧年冬天，老妈持续给我快递自种的蔬菜，但是白菜的长相也不同了，吃着菜味儿淡了。我妈说，蔬菜瓜果的种子由政府统一提供，都是改良了的品种，改良后的萝卜七八斤一个呢。我说很多东西徒有其表，这不是改良，是改坏，故乡水污染，土质在变坏，癌患渐增，为什么没人来改良呢？

我很恐惧。我们的历史遭遇不同形式的篡改与洗涤，几百年的文物古迹都可以随意拆改，去心疼区区一棵旧白菜，岂非笑话？

很久以前

乙未秋
可以畫

# 烧树兜子

有一年,下了一场罕见的大雪,两尺深。橘树叶上一层冰,枯草全是珊瑚状,屋檐上悬着一长排冰棱,宝剑似的闪着银光。南方的湖很少结冰,即便有,也是薄薄的,像汤上面蒙着的油层,鸭子游水,一下就冲开了。鸭子的嘴和脚掌冻得红红的,它们不怕冷,照样优哉游哉,只是不像夏天那么闹腾。

这场大雪,有过整整一个星期的酝酿,我妈当时就预言会有一场大雪,屋里码了好多干柴,准备烤火用。我喜欢一家人围着烤旺火,看屋外雪花飘舞。用枯枝将树兜子引燃,能烧上一整天。树兜子经烧，也多烟，熏得人直流眼泪，好像忽然想到什么伤心事。也会有路过的熟人进来蹭火，聊会儿天，抹几回眼泪，烤得一身发热，酒足饭饱似的愉快离开。

　　享受过北方的暖气，再也过不惯南方的冬天，即便有电暖气，寒风从窗缝里、门隙里钻进来，屋里仍然很冷，被子冰冷潮湿，躺下去瑟瑟发抖。今年春节换花样，烤环保炭，却是假冒伪劣产品，烤得人胸闷恶心，差点中毒。最终还是决定烧树兜子，除了流点眼泪之外，至少没有害处。我很高兴家里一直保持烧树兜子的传统，尤其是大年夜，一口气架上两三个，烧得满屋亮堂堂的，预示着来年的时运。我倒是很想知道，南方何时能装暖气，让南方人取暖时不再流泪？

# 化作浮云一小朵

我们那儿是湖区,没有山,我一直想象山是好玩的地方,那里有狮子、老虎、狼和熊,还有散步的鸟。狮子老虎和猫一样,允许我抱它们,抚摸它们光滑的皮毛,它们会舔我的脸;狼和狗一样温驯,会听我使唤,叼盘子、咬鞋带,还可以当马骑;松鼠蹿回我的口袋里偷啃瓜子;鸟在我的发丛中啄食。总之不像单调的湖区,尽是些不搭理人的家禽。

印象中第一次见到山是六岁左右,那是去外婆家走亲戚。远远看见山,很高兴,进山走了半天,路上很多绊脚石,硌得脚疼,

不见老虎狮子，连松鼠都没见着一只，因为乏味，脚上也失去了力气，不肯走了，竟很后悔进山里来。嫌视野不开阔，又没有池塘湖水、荷花菱角，夜晚山里的怪鸟声十分恐怖，增添了山的诡异神秘。又听大人说，有一种头上长鸡冠的蛇侵犯人畜，吓得不敢乱走，处处束缚，到底觉得还是我们湖区好。直到有一天走进藏区的雪山，超出想象，震撼，心灵上的冲击波至今不散。那才是山的真正品质。与雪山撞面的瞬间，我已非我，化作浮云一小朵。

# 73

## 在夏天冬眠

很难想象,在四季青葱的城市里,诗人如何诞生以及诗性如何存活。没有叶落的忧伤,没有冰冻的凛冽,没有春芽冒尖的喜悦,心昏昏沉睡,敏感变得锈钝。生活原本单调,若窗外的风景也一成不变,人便如困兽,总想着往外冲。北方契合内心需求,冷得酣畅,每一个细胞都清醒机灵,神采焕发。

第一次看到银杏树,十分惊讶,从未见过这样满树金黄,像火一样燃烧。它改变了我对秋天固有的印象。去年银杏黄叶还没凋落,第一场雪便覆盖其上。有时候,秋天并非只剩下光秃秃的事

物，下雪却是温暖的。

　　北方苍茫粗粝，挟裹一股悲从中来，有一种凛凛的现实感，少了些浑浑噩噩，对一个写字的人来说，无疑是好的。山水冷寂，沉默深思，待春天来临，它们的思考便有了成果。人便和自然一样，体内也有复苏的勃勃生机。但实在不喜欢春花烂漫，败谢如泥，绚丽转眼腐臭，所以极少去赏花，单看些芽苞使已心满意足。芽苞是全部的力量，花坐享其成，芽苞提供巨大的想象空间，花显得空洞无物。芽苞含蓄内敛，花轻浮张扬。

　　有人面对大海抒情，"大海真他妈大"，在一朵花前，除了说句"真漂亮"，同样不知如何表达。所以只爱春寒料峭。春雪覆盖，绿芽刺穿薄雪，勇敢地舒展它的新生。接下来，我将在夏天冬眠。

# 游泳

村里多池塘湖泊，大人怕孩子掉水里淹死，见他在塘边玩水，就要喊回来警告，骂一顿，或者拿柳条抽屁股。我学龄前挨的打，多半是因为这个。我家门口的荷塘有几亩地宽，水清澈见底，一块长方形麻石板架在水面，我妈在这儿洗菜、捣衣，也有人在这儿洗冷水澡。我总是趁我妈不备，偷偷扶着麻石下水，扑打嬉戏，然后坐在石头上，让烈日烤干身体，神不知鬼不觉，还无师自通学会了游泳。那时候自以为聪明机警地躲过了我妈的柳条，后来才知道，我妈从未放松警惕，她一直在窗口盯着我。

怕淹死，大人们看紧孩子，不让他近水，听话的成了旱鸭子，活在周围来自水的威胁中。有些事物本身并不可怕，可怕的是你没有掌握对付的方式。水是可以驾驭的。游泳可以消除水的威胁和内心的不安全感。

一个朋友怕黑，却不躲避黑暗，发现黑暗中并无异物。鲁迅走夜路看到"鬼"，追过去踢"鬼"一脚，听到"哟"一声叫唤。道理相同。恐惧就是一扇门，得有勇气推开它。

会游泳，如鱼得水。

# 75

# 没水可喝的村庄

我是个写小说的,不慎涂起了小画,不登大雅,承蒙朋友们喜欢鼓励,约作插图,开图文专栏,无非是画了些童年的孤独与忧伤,纯属私人记忆,谈不上艺术。

此前不曾画过一笔,也无半点作画的念头,某天处理练习书法的余墨,胡乱涂了一幅遛狗图,得其趣,疯癫上瘾,专情画了三个月,许是关于童年与故乡的情感得到梳理,骤然停笔,心情格外舒畅。

画中的黑狗"奥巴马",是我妈妈养的,它聪明机警,毛发

如黑绸缎，半岁时疑似中毒死亡。我怀念它。又伤感于故乡颓败，荷塘绝迹，死水污流，再无可以饮用的健康水源，一切美好和童年一样消逝不见，诞生了小画的主题。可以说画的是童年的孤独与爱，也可说是此时的绝望与伤；是缅怀逝去的故乡，也是哀悼现实的境况——我那个没水可喝的村庄啊，过去我们可以在任何池塘掬水止渴。

污染问题日趋严峻。与其说人们在这样的土地上生活，不如说在这样的土地上存活。很多人的故乡已经死去，或正在死去，我们无能为力。这些小画，也许可以当作故乡和"奥巴马"的天堂。

我是个写小说的，执着于探寻人性幽暗与丑陋，极不擅于用文字表达内心柔软与美，这些意外的小画，弥补了这种缺憾，我从不打算隐藏那个天真幼稚的我。很庆幸偶遇了作画的方式，一个有趣的业余爱好，使庸日添了生机。

有人劝我去拜师学画，绘画艺术深远莫测，自知时间精力有限，不敢奢求更多，能有这胡画不拘的快活，足够。

# 76

# 正月里的冷清

累了一年,穷了一年,到正月里大吃大喝,大耍大闹,穿新衣,放鞭炮,走亲戚,舞龙耍狮子,地花鼓唱得哦嗨喧天。小孩子口袋里揣着瓜子花生,边嗑边玩。过门两天的新媳妇倚着门边,打量尚且陌生的村人,等到生了娃,她才会有主人翁的神气和嗓门。

过年的物质在年前备好,腊鱼腊肉悬在显眼处,外人进门就能看见。大块的鱼肉令人骄傲,这意味着直到春插还会有肉吃,而大多数人家,出了正月十五,菜里就没什么油水了。做年糕有意思,富有人家做年糕兴师动众,穷的人米不够做一块像样的年糕,

只好搭几斤糯米进去，等大年糕做好了，再来切分。

舞龙最讲团结默契。要开一条长几十米的红黄布龙，需要力气、技术和相互配合。小孩子想过舞龙瘾，几个人凑一堆，扎好一条稻草龙，几个人举着，歪歪扭扭的，东家耍到西家，拜年送贺喜。所到之处电光鞭炮炸响，同样喜庆。举龙头的脖子上挎个旧书包，不久便装满了瓜子花生和糖果。

现在舞狮耍龙的几乎绝迹，村人很少相互走动，围在自家的火炉边，闭门不出。正月的乡村比平时更加冷清。

人越老,心越赤,以简单面对复杂,以拙朴回应圆滑。

寄情小画儿,大约就是希望过去不死,故乡鲜活,生命有迹可循吧。

或许，美是危险的，撷取美本身便是一种冒险。

人生短暂，总是困在钢筋水泥森林中，偶尔瞥一眼罅隙中的云彩，获取慰藉。

多一寸水泥多一份窒息,泥土的乡村啊,将如何呼吸。

乡愁，也许就是残存于记忆味蕾上的味道。

年轻时还可以把玩一下孤独感,年老了就只有瑟瑟地抵抗。

活着最腻味的事情,就是跟在一群人后面为偶像欢呼。我情愿去观察卑微的生命,欣赏它们寂寞绽放的光华。